ゆるふわ王子《おうじ》の恋《こい》もよう

妃川《ひめかわ》 螢《ほたる》

ILLUSTRATION：高宮《たかみや》 東《あずま》

ゆるふわ王子の恋もよう

LYNX ROMANCE

CONTENTS

ゆるふわ王子の恋もよう

プロローグ

何も考えていなくても、人生なんとなく転がっていくものなのだなぁ…と、長年の教え子の姿を見ながら、家庭教師の彼は考えていた。

高校進学のときもそうだった。まったく逼迫《ひっぱく》感がなかった。

試験前に、家族で海外旅行に出かけてしまったほどの危機感のなさだった。

そんな彼だから、大学受験など夢のまた夢と思っていたのに、どうにかこうにか私大に滑り込むことができてしまった。すべては、家庭教師である自分の有能さゆえと、驕《おご》れるような性格だったらどれほど楽か。

日本の受験制度っていったい……と、多少……いや、かなり不安になる。――が、何より不安なのは、その後の彼の人生だ。

美術と音楽と体育以外の教科には、すべて1が並ぶ通信簿。

逆を言えば、美術と音楽と体育だけは、5以外の数字を見たことがない。感性豊かで運動神経もいい。純粋さと素直さにおいては同世代の少年とは比べようもなく、邪気もなければ卑屈さとも無縁。ひとを羨《うらや》んだり妬《ねた》んだりすることなど、ほぼないと言っていい。

そんな少年の成長を、中学生当時から見守りつづけて早四年、ようやく御役御免と胸を撫《な》で下ろすことができる。そんな家庭教師の気持ちを、当の本人は知りもしない。

知りもしないで、またも呑気《のんき》なことを言い出した。

「先生！　バリに行かない？」

卒業旅行に、一緒に行こうと言う。

ニコニコと邪気のない笑みは、少女のように可愛《かわい》らしかった中学生のころと変わらない。その一方で、見違えるほどに背が伸び、誰《だれ》の目にも間違いのないイケメンに育った。これぱっかりは、まったくの予想外だった。

「大学卒業したらスウェーデンに行っちゃうんでしょ？　寂しいよ、僕……」

甘ったれた顔でねだられて、否《いや》と言えるわけもなく、誘いに頷《うなず》いた。

恋人にはムッとされたけれど、どうせ春からはスウェーデンで一緒に暮らすのだし、そのまえのいっとき、弟のように可愛がってきた教え子とすごす時間を持ちたかったのだ。

受験は突破したのだし、もはや自分が気を揉《も》む事態は起きようがない。純粋にリゾート地での休暇を楽しめるだろう。——呑気に考えた自分をのちのち大後悔することになろうとは、思いもしなかった。

長い付き合いなのだから、可愛い教え子が巻き起こす騒動の一端くらいは、覚悟しておくべきだったのだ。

可愛い教え子は、どれほどイケメンに育っても、身長が伸びても、中身はぽややんなままだった。とてもいい子だけれど、将来がとても心配になる。

何も起きなければいいけれど……と思いながらも同行したバリ旅行だった。

神々の島で、いかなイケメンに育とうとも中身は子どものままぽややんな教え子が、よもや恋愛騒動を巻き起こすなどと、いかに付き合いの長い家庭教師といえども、想像だにできなかった。

1

全然灰色でもなんでもなかった受験生活を終え、晴れて大学進学を決めた春休み、「合格祝いに、バリに旅行にいきましょう！」と言い出したのは母親だった。

「だって、大学生になるのよ！　ママうれしくって！」

そんなことを言いながら、一番の目的は父親と新婚気分を味わいたいだけのくせに……と呆《あき》れながらも、西脇円華《にしわきまどか》は母親の提案に二つ返事で応じた。

「先生も誘っていい？」

出した条件はひとつだけ。

大好きな家庭教師の桐島玲《きりしまりょう》先生を、誘ってもいいかということ。

中学生のときからずっと面倒《めんどう》をみてくれた先生のことが、円華は大好きだった。実の兄のように慕っている。

「もちろんよ！　円華が中学生のときに、一緒にタイに行ったのを思い出すわねぇ」

楽しみ！　と、母が両手を組む。

「桐島先生、春からはスウェーデンにいってしまうのよね。寂しいわ」

息子がもうひとり増えたくらいの気持ちでいたのだろう、母も眉尻《まゆじり》を下げる。ふたりのために、おやつのお菓子を焼いたり、夕食に腕を揮《ふる》ったりするのを、この数年間、母は何よりの楽しみにしていたのだ。

「あんな男に引っかかってさ。僕がお嫁にもらってあげたのに」

スウェーデンになんか行くことないのに！　と、円華は頬《ほお》を膨らませる。

中学生のときに一緒に行ったタイでのことだ。大好きな先生は、スウェーデンで製薬会社の社長をしているとかいう、元貴族のすかした気障《きざ》男に攫《さら》われてしまった。まだ子どもだった円華には、指を咥《くわ》えて見ているよりほかなかったのだ。

「そうねぇ。でも、先生幸せそうじゃない」

「そうだけど……あと二年待ってくれたらよかったのに……」

円華の背が伸びはじめたのは、高校二年生になってからだった。急にぐんぐん伸びはじめて、あっという間に一八〇センチを超えてしまった。

いまだったら、元貴族の気障男になんか負けないのに！　と、拳《こぶし》を握って悔しがる。

「じゃあ、略奪愛といこうじゃないか」

とうの家庭教師の恋人が同性であることなどまるで気にする様子もなく言葉を交わす母子《おやこ》の姿を、ほくほくと微笑《ほほえ》ましげに眺めていた父が、これまた呑気極まる言葉を挟んだ。

「りゃくだつあい？」

円華がきょとりと目を見開く。昔は零《こぼ》れ落ちそうに大きな瞳《ひとみ》だったが、いまや涼やかさすら感じさせる。長い睫毛《まつげ》は相変わらずだが、それを瞬《まばた》く仕種《しぐさ》には、中学当時にはなかった色気があった。

「奪い取ることだよ。先生の彼に決闘を申し込むんだ」

「けっとう……？」

飼い主からはじめてのコマンドを聞かされて戸惑う大型犬よろしく、円華は怪訝《けげん》に首を傾《かし》げる。

そんな息子を横目に、母はますます目を輝かせた。

「まぁ素敵《すてき》！　でも、危険じゃないかしら？　そんなことしなくても、円華にもきっと素敵な人が現れるわ！」

大学生になるんだし！　と、父と顔を見合わせて、「ねー！」と頷く。今さっき、略奪愛とかなんとか、言ってなかったか？

円華の両親は、一事が万事この調子だ。家庭は常に明るく、隠し事もなく、夫婦仲も親子関係もすこぶる良い。

「もー、ラヴラヴなんだから」

いいなぁ……と、円華は仲睦《むつ》まじい両親をうかがって、ため息をつく。

大好きな先生と一緒に旅行できるのは嬉しいけれど、先生を誘えば絶対に邪魔なアイツがくっついてくるに違いないのだ。先生の恋人は独占欲がめっちゃ強い上に嫉妬《しっと》も激しい。しばらく会えなくなるのだから、旅行の間くらい先生を独占させてくれてもいいではないかと訴えても、きっと許されない。

「バリで素敵な出会いが待ってるかもしれないじゃない！」

「……そうかなぁ」

不審気な息子の一方で、母は勝手な想像を膨らませはじめる。

「きっとそうよ！　先生だって、タイで彼と知り合ったんでしょう？　どんな子かしらねぇ、ママ楽しみだわぁ」

リゾート地で芽生えた恋なんて、絶対に長つづきしないと思ったのに、いまもラヴラヴで、しかも春からは恋人の待つスウェーデンに行ってしまうというのだから、円華としては切ない。

「タイ……」

——そーいえば……。

何かが頭の片隅にひっかかっているような感じを覚えて、円華は「う〜ん……？」と首を傾げた。

——出会い……？

なにか記憶の端にひっかかるような……。

円華の記憶のシナプスが正しく反応しはじめる前に、母のぽやっとした声がそれを邪魔した。

「はい、おやつ。今日はメイプルシロップのフィナンシェとアップルジンジャーマフィンよ」

「わあ！　美味《おい》しそう！」

途端に甘いお菓子に意識を攫われ、思考の片隅にひっかかっていた何かは吹き飛んでしまう。円華は、母のつくる甘いお菓子が大好きなのだ。

「本場のインドネシア料理も楽しみね」

「定番のナシゴレンははずせないよねぇ……テンペを使った料理もたくさんあるし……」

そんな両親の会話を傍らで聞きながら、円華は早くもふたつめのフィナンシェに手を伸ばす。

「フレッシュジュースも美味しいよね」

息子の呟《つぶや》きに、両親は「そうそう！」と同意した。

「フルーツをわすれちゃいけないわ！」

「ドリアン、食べたいねぇ」

大学生になったからといって、学生であることから解放されるわけではない。四年かけて、専門知識を身につけなくてはならない。その事実に、親子三人まったく意識が向いていない。

それでも、問題なく生きていける。

周囲に呑気と言われようとも、円華は両親が大好きだし、そんな自分のことが嫌いだと思ったこともなかった。

物心ついたときから、学校の成績が地を這《は》うものでも、別段困ったことはないし、両親がそんな円華を叱《しか》ったこともない。

「運動も一番、お歌もピアノもお絵かきも上手だし、なにより円華はこんなに可愛いんですもの、何も問題ないわ」というのが、母の言葉だ。

可愛らしかった愛息子《まなむすこ》が思いがけず縦に育ってしまったことだけは、母にとっても誤算だったろうが、それならそれで、柔軟に考えを変えるのが彼女のいいところ。

「円華のほうが、ぜったいにカッコいいのにぃ！」と、最近人気の若手俳優がテレビに映るたびに不服気に言う。円華のほうが役のイメージだし、上手くやれるはずだと言うのだ。

それを受けて円華が「ダメだよ、僕、脚本なんて覚えられないもん」と、まるで取り合わないと、

「それもそうねぇ」とようやく納得するのだ。

「じゃあ、モデルさんは？」

「うーん……あんまり興味ないかなぁ」

母の言葉に生返事をしつつ、円華は大好きな家庭教師の先生にメールを打ちはじめる。それに対して返されたレスを読んで、円華は「やった！」とガッツポーズ。

「先生、ひとりだって！」

恋人は抜けられない仕事が入っていて、一緒にこられないと言う。

神様が自分に味方してくれたに違いない。

これで、スウェーデンに行ってしまう前に、一緒の時間を満喫することができる。美味しいものも食べたいし、海にも行きたいし、お買い物だってしたい。

「円華は本当に先生が好きねぇ」

この時点では、円華の意識は完全に大好きな先生に向いていた。

旅先で恋人をみつけたらいいのに……と笑う母の言葉が、ある意味予言になるなんて、考えてもみないことだった。


羽田空港から直行便で七時間、神々の島といわれるインドネシアのなかでも、とくにリゾート地として名高いバリ島のデンパサール国際空港は、つい最近改修工事が終わったばかりとあって、どこもかしこも新しく綺麗《きれい》だ。

それでも、急発展を遂げる他《た》のアジア諸国の大空港と違い、石積みの壁やそこかしこに配置される石像、瑞々《みずみず》しい植物など、自然の温かみを感じさせるデザインは、やはりこの国ならではだ。

雨季の終わりにさしかかったこの時期、インドネシアは日本の夏ほどの気温と湿度だ。だが、空港内はもちろん、ホテルまでの移動のハイヤーは冷房がきいていて快適だ。

空港を出ると、「Nishiwaki」と書いたプレートを手にした運転手が恭しく出迎えた。

白手袋をしたダークスーツ姿は、この気候にあってはかなり浮いて見える。ほかにもホテルやヴィラからの迎えの姿はあるが、たいていはサロンと呼ばれるインドネシアの民族衣装を身につけているからだ。

だがそれもしかたない。この運転手は宿泊ホテルから派遣されているわけではなく、そのホテルのオーナーが直々《じきじき》に手配をしているのだ。

バリ島旅行に行こうと言い出したとき、妙に母のテンションが高かった理由はここにあった。最初からこうなることを期待していたのだ。

「さすが！　ローゼングループのホテルだわ！」

円華にとっては、全然さすがでもなんでもない。大好きな先生を奪った男の名前なんて、聞きたくもない。でも、先生が幸せそうにしているのを見ると、円華には口を尖《とが》らせるくらいのことしかできないのだ。

その先生はというと、西脇一家とは別行動で、先にホテルについている予定。円華は一緒の飛行機に乗るつもりでいたのに、これもきっとローゼン卿の差し金だ。

「よかったわねぇ、円華、先生のおかげで、超高級リゾートホテルに泊まれるのよ！」

しかも最上級のスイートルームが用意されているのだと言う。

最初に母が予約を入れたのは、もう少しリーズナブルな別のヴィラだったのだが、西脇家から玲に誘いがかかるや否や、それを知ったローゼン卿が、まさしく母が期待したままに、自分の息のかかったホテルに泊まれるようにと余計な手をまわしたのだ。

ゴルフコースが隣接している上、ビーチは目の前という立地の、世界的に名を馳《は》せる超高級リゾートだ。母が定期購読している雑誌で紹介していたのを見たことがあるから、円華も以前から名前は知っていたけれど、よもやローゼングループ傘下だとは思いもよらなかった。

「ラグーンに直接出られるお部屋なんですって！」

母がタブレット端末を操作しながら歓声を上げる。ホテルのホームページを見ているのだ。

ディスプレイに表示される画像を見て、父が目を瞠《みは》った。こんなによくしてもらって……と、感慨深く言う。

「広い部屋だねぇ」

以前、父の会社が傾いたときに、ローゼン卿に助けられたことがあるのだ。そのおかげで父の新しい事業はうまく運び、西脇家は今もつつがなく暮らしていられる。

大好きな薔薇《ばら》の育成事業に従事する父がつくった新品種が世界的にヒットしたのも、ローゼン卿の助力あればこそ、と言われてしまえば、円華にはもう、何も言えない。

先生は幸せで、両親も大満足。不服なのは、大好きな先生をとられた円華だけ、というわけだ。

しかも、そうした個人的感情を抜きに考えれば、ローゼン卿はたしかにすごい人物だ。経済とか社会情勢とか、ニュース番組で取り上げられるような難しいことはよく理解できない円華にだって、それくらいはわかる。だからこそ、余計に悔しいのだ。

「ラグーンプールにはサンデッキも、ビーチに沈む夕陽《ゆうひ》の眺められるバーもございます。メインダイニングではバリの伝統料理をお召し上がりいただけます」

運転手が日本語で説明を付け加えてくれた。ホテルから出るときには、滞在期間中ずっと運転手兼ガイドをしてくれるらしい。

西脇ファミリーには、プライベートプールに東屋《あずまや》までついた、トロピカルガーデンに囲まれた隠れ家的な2ベッドルームヴィラが用意され、玲にはさらに上のクラスのスタンドヴィラに、オーナー自らの名前で予約が入れられているという。いずれも紺碧《こんぺき》を誇るラグーンプールに直接アクセスできるつくりだ。

「スパではバリニーズマッサージが受けられます。アフタヌーンティーもおすすめですよ。デリのスイーツも評判です」

「もちろん、どちらも行くわ！」

運転手の説明に、母が身を乗り出す。アフタヌーンティーはともかくスパのほうは、つきあわされないうちに逃げるに限る。円華が女の子だったら、喜んで母についていくのだろうけれど、あいにくと円華は、そういったことにあまり興味がなかった。

高校に入って身長が伸びはじめるまでは、天使のような愛らしさで評判だった。思春期に入って以降も、お肌や髪の手入れなど、気にしたことはない。

身長が伸びて、形容詞が「可愛い」から「カッコいい」に変わってからも似たようなものだ。クラスメイトたちほど身なりに構うこともなければ、ファッション誌など母が買う女性向けのものしか見たことがない。

着るものは、母が自分の好みで買ってくるし、それに対して不服もない。母がいいと思うものは、たいがい円華もいいと思うからだ。

自分に自信があるからというのではなく、生来の素直さと純真さとがそうさせる。自身を繕ったり粗を隠そうとしたり……という考え自体が、円華のなかには存在しないのだ。

だから常にナチュラルで、誰にでも好かれる。

なかには快く思わない人もいるのかもしれないけれど、円華自身が気にしない以前に気づかないから関係ない。

そのうち、円華に対してマイナス感情を持つことの無意味さに自ら気づいて、結局円華の存在を受け入れてしまうのだ。

そんな円華の興味の向く先はといえば、ファッションや異性といった、この年頃《としごろ》の少年にあたりまえのものではなく、今日のお弁当のなかみと、母のつくるおやつと、夕食のメニュー……ようするに食べることくらい。そこに大好きな玲のことと、あとはほんのちょっぴり学校の授業のこと。

得意なスポーツや音楽や絵画に、もっと没頭すればいいのではないかと、円華のテストの勉強をみながら玲は常々言うのだが、特別強い興味を惹《ひ》かれるわけでもなかった。

身体《からだ》を動かすのは日常だし、喜怒哀楽を歌い奏で、心に浮かんだことを描《えが》くのは、母が教えてくれた感情表現方法のひとつであって、取り立てて学ぶことでも、追求することでもない。

お菓子をつくりながら、母は今でも楽しそうに歌うし、円華もそんな母と一緒に過ごすのが幼いころから大好きだった。ピアノをとっかかりに、興味の向く楽器を次々と与え、心の向くままに奏でてごらん、と言ったのは父で、楽器の数のわりに、西脇家には楽譜がほとんど存在しない。

画用紙も色鉛筆も絵具も、さらにはパソコン用のお絵かきソフトも、物心ついたときにはすでに遊び道具のひとつとして身近にあって、その日あったこと、見たもの、思ったことなどを、自由に表現してきた。

両親は、円華が何を描いても手放しで褒めてくれたし、愛息子が描く世界観を理解しようとしてくれた。

スポーツが得意なことは、小学校に入る前からわかっていたけれど、母は水泳教室にも空手教室にも通わせようとはしなかった。

円華自身、中学に上がったときに噂《うわさ》を聞きつけたらしい各部から山ほどの勧誘を受けたものの、どの部にも所属しようとは思わなかった。

玲が家庭教師に来はじめた当初に「どうして？」と訊《き》かれたことがある。単純にやりたくなかったから、と答えたら「体育系のノリは苦手そうだもんね」と言われたけれど、円華自身はよくわからなかった。

「円華、見てごらん！　すばらしいラグーンだよ！」

車窓を指差して、今度は父が歓声を上げた。

「わ……真っ青だ……」

ホテルへ通じる道は開けていて、そこからビーチが見えはじめたのだ。

遠くに東屋が並んでいるのが見える。あそこでのんびり過ごしながら、ビーチでの時間をすごすことができるのだろう。

「本当に素敵なところね！」

「今のオーナーが、自然との調和をテーマに手を入れた結果です」

以前から五つ星の評価を得ていたホテルではあるが、ローゼン卿が買い取ってから、さらに評価を上げていると聞いて、円華は口を尖らせた。

——カッコいいのは認めるけどさ。

やっぱり悔しいなぁ……と思いながらも、円華は大学の合格祝いにプレゼントされたデジタル一眼レフカメラのレンズを車窓に向けた。円華の特異な感性は、写真にも発揮されている。

「素敵な写真がとれたら、引き伸ばして玄関に飾ろう！」

「ナイスアイデアだわ、パパ！」

そんなやりとりを交わしているうちに、緑の濃い南国の森が近づいて、ゆるやかにくねる道のさきに、母がいじっていたタブレット端末のディスプレイに見た画像と同じ光景が、木々の向こうに見えはじめた。

まるで自然公園の入り口のようなゲートを抜けて、またしばらく進むと、ようやくエントランスが見えてくる。ここが車寄せなのかと、驚くほどに美しい建物が、客を出迎えた。

代々事業を営む家で何不自由なく育てられた円華は、幼いころから両親に連れられて、長期の休みのたびに諸外国の高級リゾート地に足を向けてきたけれど、さすがにローゼン卿が手掛ける施設は格が違う。

中学のときに行った、タイの隠れ家的リゾートホテルもすごかったけれど、ここはさらに規模が大きい。

オリエンタルな調度品で設《しつら》えられたロビーでウェルカムドリンクの歓迎を受け、チェックインを済ませて部屋に案内される。

車中、母がタブレット端末で画像を見ていた2ベッドルームを備えたラグーンヴィラは、トロピカルガーデンに囲まれた、まるで隠れ家のような風情だ。日本の別荘地に立ち並ぶ別荘よりも広いのではないかと思わされるスペースに、ベッドルームとバスルームがふたつずつ、広いリビングに、プライベートプールとヴァレと呼ばれるバリ式の東屋まで備えている。

プライベートプール脇のスロープを降りると、そこは紺碧のラグーンで、そこでも泳ぐことができる。

ラグーン周辺には、さらに別の東屋が並んでいて、泳ぎ疲れても休むことができるようになっている。プライベートビーチにも通じていて、部屋から直接浜辺の散歩に出られる。

高い天井と滑らかなウッドフロア、天蓋《てんがい》付きのベッド、吹き抜ける風は湿度を孕《はら》んでいるものの、瑞々しいグリーンの香りがさわやかさを感じさせる。

「うわ、すごいね……」

休みのたびに両親と旅行に出かける円華でも、これほどすごいホテルに泊まれるチャンスはそうそうない。

テーブルには色鮮やかなウェルカムフルーツの盛られた籠《かご》、すかさず届けられるハーブティー。

子どものころからフルーツが大好きな円華は、さっそくウェルカムフルーツに手を伸ばす。ロビーでウェルカムドリンクのサービスを受けたけれど、長時間の飛行機移動のあとだから、身体中が乾燥していて、フルーツの瑞々しさを欲していた。

完熟のマンゴスチンに大きなパパイヤ、ランブータン。もちろん、日本でも定番のスイカやパイナップルもある。

「ひと休みしたら、ブランチに行きましょう！　お腹《なか》が空《す》いたわ！」

届けられたノニティーに舌鼓を打ちながら母が言う。早朝に着くフライトだったから、まだ午前中の早い時間なのだ。

「先生の部屋は……」

円華は早速、部屋の電話を取り上げて、玲のルームナンバーをコールした。――が、出ない。

「え～？　もしかして、あいつ来ちゃった？」

ローゼン卿は多忙で来られないからずっと円華に付き合ってくれる約束になっていた。

けれど、嫉妬に駆られたローゼン卿が、早々に仕事を終わらせて追いかけてくる可能性がないとは言い切れない。そうなるともう、状況によっては、円華には玲の顔を見ることさえかなわなくなる事態も考えられる。

「円華？　桐島先生、出ないの？」

「僕、部屋まで行ってくる」

パパイヤの大きな一切れをほおばって、携帯端末だけを手に、部屋の玄関ではなく、ラグーンに繋《つな》がるウッドデッキへと足を向ける。

ヴィラは独立したつくりだが、プライベートビーチまで出てしまえば、敷地内を移動することが可能だ。玲が泊まる予定になっているヴィラは、西脇ファミリーが宿泊するヴィラの並びに位置するはず。行き来ができるように、リクエストしたのだ。

だが、円華が部屋を出るのを止めるかのように玄関チャイムが鳴って、円華は動物的カンで玄関へ。勢いよくドアを開けると、驚き顔の玲が「わっ」と小さく声を上げた。

「先生！」

会いたかった！　と飛びつく。

昔は自分のほうが小さくて、先生の胸元にすりすりできたのに、身長が急激に伸びた結果、今は先生の小さな頭を胸元に抱き込む恰好《かっこう》になる。

抱き心地のいい痩身《そうしん》の上にのるのは、派手《はで》さはないものの、整った容貌《ようぼう》。手入れなどほとんどしていないだろうに、サラリと艶《つや》やかな髪は薄めの色で、美白に励む世の女性が羨むほど色白で肌はすべすべだ。

ぎゅむっと抱きしめると、「円華くん、苦しいよっ」と、白い手が円華のシャツを引っ張った。

「だって……」

一緒の飛行機で来たかったのに……と、円華が口を尖らせると、「ごめんね」と背中を撫でてくれる。西脇ファミリーと一緒に来る予定が、恋人がビジネスで使っているプライベートジェットに乗せられて、まるで電車を途中下車するかのような気安さで、バリ島に連れられてしまったのだと言う。

「ひどいヤキモチ焼きだよね、あいつ」

「円華くんが、こんなイケメンに育つなんて予想外だったからね」

いらない心配をしてるみたい、と笑う。その表情が妙に艶《つや》めいて見えて、円華は少しの悔しさに駆られた。

「もうっ、ラヴラヴなんだからさー」

「そんなんじゃないよっ」

円華は弟のような存在で……と、何度説明しても恋人はわかってくれないのだと、頬《ほお》を染めて首を振る。そんなの、玲を構うためのあいつの口実なのに……と、円華は呆れ半分、同情半分、クスクスと笑いを零した。

「円華くん？」

「なんでもなーい」

玲の手をひいてリビングに戻ると、両親が「いらっしゃい！」と声を上げた。

「桐島先生、本当にありがとう！」

「円華が大学生になれたのも、こんな素敵なヴィラに泊まれるのも、全部先生のおかげだわ！」

両親は、もうひとりの息子ともいうべき玲を温かいハグで出迎える。

「いえ、そんな……」

円華くんががんばったからですよ……と、微笑む。控えめな態度は、西脇家に家庭教師にくるようになった当時から、まったく変わらない。

有名私大の薬学部を首席で卒業して、春からはスウェーデンの世界的に有名な研究所での勤務が決まっているのに、少しも驕ったところや自慢げなところがない。努力家でやさしくて、何より教え方が上手《うま》い。

英語は海外に行ったときにコミュニケーションが取れれば充分だし、数学ができなくても算数ができれば日常生活には困らないし、世界史や日本史なんて教科書の記載内容が本当に正しいという保証もない。物理や化学なんて、もっと生活に密着した内容を教えてくれなきゃ理解不能だ。

だから学校の勉強に興味を持てないでいた円華に、玲は「将来の選択肢」という考え方を教えてくれた。

興味がなくても、少し勉強して、新しい世界が見えはじめたら、新たな興味が湧《わ》くかもしれない。

そうしたら、将来の夢が増えるかもしれない、と……。

残念ながら、玲がどれほど奮闘しても、円華には主に五教科への興味が生まれることはなかったけれど、でも少しだけ学校の勉強が楽しくなったのは事実だ。

大学に入っても、いろいろ先生に相談したかったのに、春から先生はいなくなってしまう。それが寂しくてしかたない。

卒業後は、病院や薬局に勤務するのでも、国内の製薬会社に就職するのでもなく、スウェーデンに本拠地を置く恋人のもとへ……という話は以前から聞いていたものの、いざとなると「どうして？」という気持ちになる。

「先生とずっと一緒にいられると思ってたのに」

玲が困った顔をするのがわかっていて、つい口を尖らせてしまう。

「円華くん……」

ごめんね、と詫《わ》びてはくれるものの、一度決めたことを覆そうとはしない。そういうところは、一本芯《しん》が通った人なのだ。そんなところも、円華が慕う所以《ゆえん》だった。

「スウェーデンに遊びにおいでね」

「あいつに邪魔されそう」

「そんなことないよ」

僕がお願いすればきっといろいろ手配してくれるから……と、意外なしたたかさを垣間《かいま》見せる。そうでなければ、あの我儘《わがまま》男とは付き合っていられないに違いない。

「ブランチ食べて、それからプールで泳ごうよ！」

「プライベートビーチもあるって聞いたよ」

「うん。ビーチでお昼寝もいいな！」

円華の提案に頷いて、両親も腰を上げる。

「じゃあ、まずは美味しいインドネシア料理をいただくとしよう！」

まるでラグーンに浮いているかのように見えるレストランに移動して、ホテルが誇る伝統的なインドネシア料理をいただくことにする。

多くの島から形成され、多種多様な民族があつまった国家であるインドネシアの料理は地域性が強く、種類も多い。辛いと思われがちだが、甘い味付けも特徴だ。

「僕、本場のインドネシア料理って、はじめてです」

豪奢《ごうしゃ》な内装に目を瞠りながら、玲が言う。アジアンリゾートでは珍しい豪華さは、元のオーナー会社がニューヨークを発祥の地としていたためだ。

メニューを見ながら、円華は気になったものを次々とオーダーする。こんなに？　と周囲に思われても、円華の胃袋には収まってしまうから問題ない。

「あいつに、もっといろんなところ連れてってもらえばいいのに」

「日本にいるときは、僕のご飯がいいって言うから……」

スウェーデン貴族の血をひくセレブなら、どんな高級レストランにだって連れてってくれるだろうにと返すと、思いもよらない惚気《のろけ》で返されて、円華は撃沈した。

「先生、あいつのこと、甘やかしすぎなんじゃないの？」

「そう…かな？」

そんなことはないと思うけど……と、玲が頬を染めて、手持無沙汰《ぶさた》に水のグラスを両手で弄《もてあそ》ぶ。

すると、さほど待たされることなく、注文した料理の皿が、次々とテーブルに運ばれてきた。

定番のナシゴレンにガドガド、サテの盛り合わせ、テンペのココナッツ煮に野菜たっぷりの焼きそば、インドネシア風のオムレツ、海老《えび》カレーに焼きビーフン。

父は椰子《やし》からつくられたインドネシアの焼酎《しょうちゅう》アラックを使ったカクテル、母はグァバとパイナップルのフレッシュジュース、円華はココナッツジュースを選んだ。玲の前には、ガス入りのミネラルウォーターがサービスされる。

もちろん円華も母も、別途デザートを食べる気満々だ。熱々のバナナのてんぷらとココナッツアイスの組み合わせは外せないし、ここはアフタヌーンティーも有名なのだからスイーツも充実しているはず！

「いただきます！」

すっかり空腹だった円華は、まずはココナッツジュースで喉《のど》を潤して、それからサテの串に手を伸ばす。独特のソースで味付けされた、インドネシア版やきとりだ。

「美味しい！」

インドネシア風焼き飯、ナシゴレンは、添えられた半熟目玉焼きを崩しながらいただく。

「あらホント、いいお味ね」

母はガドガドを口に運んで感嘆を零す。ピーナッツペーストのドレッシングが特徴的な、茹《ゆ》で野菜のサラダだ。

「テンペって、納豆臭くないんですね」

玲が箸《はし》で摘《つま》み上げたものをしげしげと見て、そしてえいや！　と口に入れた。

インドネシア版の納豆と言われる、茹で大豆を発酵させた食材がテンペだ。発酵はしていても、納豆菌で発酵させたわけではないから、納豆のような強い匂《にお》いはしない。日本の厚揚げや豆腐、もしくは肉のかわりとして使われることが多い。

「カレーも焼きビーフンも美味しいよ」

父が立派な有頭海老にかぶりつきながら、大きく頷いた。ビーフンにも大ぶりな海老がたっぷりと使われている。添えられたパクチーとライムが、いいアクセントになっていた。

「パクチーの追加ください！」

添えられている程度では足りなくて、円華はレストランのスタッフを呼びとめ、パクチーだけ山盛りで届けてくれるようにオーダーする。

「先生も好きだよね」

「うん。タイで教えてもらってから、はまってるよ」

自分でもときどきエスニック料理をつくるのだと言う。恋人ためだ。

「僕、食べたことない」

玲の手料理を食べさせてもらっていないと拗《す》ねると、「それは……、だって、華子《はなこ》さんのお料理が美味しいから、僕がつくる必要ないし……」

円華の母が料理上手だから、自分が腕前を披露する必要はないと逃げられてしまう。

「でも、あいつには食べさせてるんだ？」

「う、うん……」

真っ赤になって、「つくれって言うから……」と、はっきりしない言葉を口中でもごもごさせる。

「素敵だわ！　幸せなのね！」

タイから戻ったあと、あっさりと玲の恋人の存在を指摘した母は当初からふたりの味方で、それが円華には不服だった。

「円華にも、はやく素敵な人が現れたらいいのに、って話してるのよ」

先生みたいに幸せになってほしいの！　と、母は影も形もない円華の将来の恋人に想《おも》いを馳せる様子を見せる。

「円華くんなら、いくらだって素敵な彼女ができますよ」

今年のバレンタインデーにも、たくさんチョコレートもらってたでしょう？　と、玲に話を振られて「だって、チョコは好きだもん」と返す。ちゃんと気持ちに応《こた》える気はないけどいいの？　と確認してから受け取っているからいいのだ。

「僕は先生が好きなの」

「先生にはフォン・ローゼンっていう素敵な恋人がいらっしゃるのよ。いつまで拗ねてるの！」

「拗ねてないよ」

しょうのない子ねぇ……と、母に笑われて、円華は皿に残っていたナシゴレンを大きなスプーンでほおばる。

それから、店のスタッフを呼びとめて、「ピサンゴレン・アイスクリームと黒米のライスプディングとタピオカ・ココナッツ！」と、豪快にデザートをオーダーした。さらに「ドリアンアイスも！」と付け加える。

ピサンゴレンというのは、バナナのてんぷらのことだ。黒米もインドネシアではメジャーなものだし、ドリアンそのものをホテルに持ち込むことはできなくても、加工品のアイスクリームだったら大丈夫だ。

「こんな素敵なリゾートなのよ、きっと素敵な出会いが待ってるわ！」

ねぇ、パパ！　と、テンペのガーリックフライをつまみにアラックを呑《の》む夫に同意を求める。

「ママ、このあいだからそればっかり」

自分は先生が好きだと言っているのに……と、円華はテーブルに残った皿の料理を片付けにかかる。

残さず綺麗に食べる。それが円華の流儀だ。特別厳しく躾《しつ》けられたわけではないが、出された料理は残さない。

そこへ、オーダーしたデザートが届けられる。

美しいプレーティングは、さすがは一流ホテルだ。アジアな雰囲気を残しつつも、洗練された盛りつけだ。

まずは冷めないうちに、あつあつのピサンゴレンにナイフを入れる。サクッと衣が音を立て、なかからとろりと完熟バナナの甘い香り。それにバナナのてんぷらの熱で溶けはじめたアイスクリームをまとわせる。

自分の口に運ぶまえに、そのフォークを円華は隣に差し出す。

「……え？」

玲が大きな目を瞬いた。

「はい、あーん」

「で、でも……」

周囲の目を気にして、玲が瞳を揺らす。

「はやくしないとアイスが溶けちゃうよ」

美味しいよ、とニッコリ。

「う、うん……」

半ば溶けたアイスを舐《な》めるように、玲が口を開く。円華のひと口に合わせた大きな一切れをどうにかこうにか咀嚼《そしゃく》して、「美味しい！」と頷いた。

玲の満足げな顔を眺めながら、さらに大きな一切れを、今度は自分の口に運ぶ。

「うん、美味しいね！」

衣のさっくり感とココナッツアイスの滑らかさが絶妙だ。バナナが未熟でも美味しくないし、熟しすぎてても甘すぎる。

「じゃあ、今度はドリアンアイス」

クリーム色のアイスには、飴《あめ》飾りが添えられている。それを避けて、添えられたココナッツ素材をスプーンでひとすくいし、玲の口許《くちもと》に差し出した。

「……ありがと……、……んっ」

スプーンを咥える仕種が、なんとも悩ましい。恋人にはいつもこんな表情を見せているのかなぁ……と考えるものの、恋情と思慕の情の区別もつかない円華には、そこから先の展開がない。

ピサンゴレンのさらに大きな一切れにたっぷりとココナッツアイスをのせて、豪快に口に運ぶ。大きな口を開けて食べても下品に見えないのが不思議なほどの食べっぷりは、見る者を幸せにする。

そんな円華を微笑ましげに見守る一同の背後を、スッと人影が通りすぎた。

レストランには、もちろん他の客の姿がある。取り立てて意識を向けるようなことでもない。だから円華も、まるで無関心にスイーツをほおばっていたのだが、予想外にナイフとフォークを持つ手を止めることになった。

『バカバカしい』

そんな呟きが、人影が通りすぎるタイミングで、鼓膜に届いたからだ。

スウェーデン語だった。日本人観光客には何を言っているかわからないだろうと呟かれたものであることがわかる。

円華は、ほおばろうとしていたフォークを持つ手を止めて、立ち去る人影を目で追う。

ほんの一瞬視線が絡んだ。

円華が食事中に別のことに気をとられるのが不思議だったのだろう、玲も顔を上げる。その視線は円華が目を留めた人物に向けられて、すぐにまた円華に戻された。

スレンダーな長身の主だった。

そよ風に揺れる眩《まばゆ》い金髪と、ヴィラから望めるラグーンのような濃いブルーの瞳。横顔はやわらかそうな金髪に半ば隠されているけれど、２．０以上の視力を誇る円華には、その整った容貌の判別がついた。

「……」

「……」

思わず玲と顔を見合わせたのは、お互いに落された呟きの意味を理解していると確認するため。スウェーデン語がわからない両親はまったく気づいていない。

円華は首を傾げ、玲は肩を竦《すく》めて苦笑する。

「騒がしかったのかな」

一流レストランだもんね、気をつけないと…と玲が声を潜める。

円華は、毒づかれたことなどまるで気にする様子もなく、「芸能人かな」と長い睫毛を瞬《また》いた。

「すごく綺麗な人だったね」

男の人だったけど……と、円華はスプーンを咥えた恰好で、金髪碧眼の青年が歩み去ったほうを今一度見やった。

「……は？」

玲が啞然《あぜん》とするのも無理はない。

「……円華くん……」

長い長いため息を吐き出して、玲が白い綺麗な指で額を抑える。

「……？　先生、どうしたの？」

ピサンゴレン食べたかった？　と、自分が空にしてしまったデザートの皿に視線を落として、眉尻を下げた。

玲は、長い睫毛をひとしきり瞬いたあと、「……なんでも」とゆるく首を振った。


食後、プライベートビーチの散歩に行くと言う両親と別れて、円華は玲をともないラグーンプールに足を向けた。

白い天蓋布の下がった東屋が並んでいる。

だが、オンシーズンではないからか、人影はまばらだ。

そこに、つい先ほどレストランで見た痩身を見つけて、円華は大股《おおまた》に歩み寄った。

いつもの円華ならありえないことに、泳ごうよ！　と、引っ張ってきた玲の手を、途中でぽっと放《ほう》り出してしまう。そして、「ねぇねぇ！」と目的の主に駆け寄った。

天蓋布の下、ベッドに横になった恰好で、ラグーンプールの紺碧に染まる美しい光景を眺めながらの読書タイムを楽しんでいたらしい。声をかけられた人物は、優雅な時間を邪魔されたことにいくらか腹を立てた様子で、手にした本から顔を上げた。

「きみ！　やっぱり、さっきの人だ」

相手の許可も得ずベッド脇《わき》に立って、不躾《ぶしつけ》に声をかける。

大概の人間は、このあと少し円華と言葉を交わせば、すぐに笑顔になって不躾も無邪気と言い換えてくれるのだが、瞬間湯沸かし器のように怒ってしまう人もいないとは言いきれない。――と、胸中に緊張を過《よぎ》らせたのは、円華の行動を物珍しげに一歩引いた場所で観察することになった玲ひとりであって、当の本人はまったく気にしていなかった。

いきなり声をかけられた金髪碧眼の主の顔を確認して、玲は円華の意図を計る。喧嘩《けんか》を売るつもりはないようだが、円華の行動の真意は知れない。

とにかく、何かまずい状況が起きた場合は、円華を連れてこの場を離れなければ……と、考えながら状況を見守っていた玲は、金髪碧眼の顔に見覚えがあるような気がして、記憶を巡らせる。ついさっきレストランで毒づかれた相手、という意味ではない。

「円華くん、あの……」

だが、玲がそれに言及するまえに、円華は怪訝な顔を向ける人物の脇に、すとんっと腰を落としてしまった。

東屋のベッドは広いが、普通は見ず知らずの他人に許せる距離感ではない。

だが、それを気にしないのが円華の円華たるところだった。

「ねぇ、どうして?」

『……え?』

円華の唐突な問いかけに、思わずスウェーデン語で反応したあとで、碧眼を瞬いた青年はベッドに上体を起こした。そして、円華の肩越しに玲の存在を認めて、あからさまに眉間《みけん》に皺《しわ》を寄せる。円華に戻された視線は、さきほど以上に鋭いものになっていた。

実は、レストランで毒づいたときも、今と同じような反応だったのだが、円華も玲も一瞬のことだったためにそこまで気づけていなかった。

「なんだ、おまえ」

英語に切り替えて、ハッキリとした敵意を伝えてくる。宝石のように美しい碧眼を眇《すが》め、間近に円華を睨《にら》み上げてきた。

南国の陽光に輝く金髪の眩《まぶ》しさに目を細めながらも、円華は憮然とする青年の顔を下からうかがうように視線を合わせた。

「どうして、バカバカしいの？」

「……は？」

彼でなくとも、聞き返しただろう、唐突すぎる問いかけだった。だが当然、円華のなかでは筋の通った話だ。

「好きな人と分け合って食べたら、より美味しいよ？」

全然バカバカしくなんかないよ、と言葉を継ぐ。金髪の青年は、綺麗な瞳をパチクリさせた。

「……」

お気に入りのデザートを大好きな人にも食べてほしくて「あーん」なんてやっていただけで、衆目を気にせずバカなことをしていたわけではない。大好きな人と感動を分かち合うことで、食事はより美味しくなる。

「……おまえ、バカ？」

辛辣《しんらつ》な罵倒《ばとう》が飛んできた。

「どうして？」

再び返された言葉があまりに意外すぎたのだろう、碧眼が見開かれる。

ふたりの、微笑ましいのか一触即発なのかよくわからないやりとりを一歩引いた場所で見守っていた玲が、ふたりの顔を交互にみやって、口を挟む隙《すき》をうかがうものの、自分が口をさしはさむようなことでもないし……という逡巡《しゅんじゅん》が、そのタイミングを摑《つか》ませない。

「ねぇ、円華くん、彼ってもしかして……」

四年前の……と、つづく言葉は掠《かす》れて空に消え、さらに唐突なこと言い出した円華の声にかき消されてしまう。

「ひとりなの？」

リゾートホテルにひとりで泊まっているの？　と、普通ならなかなか訊きにくいことをサラリと尋ねる。

「おまえに関係ないだろ」

無遠慮さに憤った様子で涼やかな目許を釣り上げる金髪碧眼の美貌はかなりの迫力だが、円華には通じなかった。

「じゃあさ、一緒に泳ごうよ！」

「はぁ？」

相手が呆れきった声を上げても、「ひとりなんでしょ？」と、まるで取り合わない。

「俺《おれ》は読書してるんだ！　邪魔するな！」

「うちのパパと一緒だね。でも身体動かすほうが楽しいよ」

ひとの話を聞け！　と、怒鳴られても文句は言えない。——が、ここまでのやりとりですっかり毒気を抜かれてしまったらしい、金髪碧眼青年はとうとう絶句した。

「な……っ」

つづく言葉を探せない様子で、ぽかんと口を開けて、傍らでニコニコと返事を待つ円華を見やる。

その青い瞳をじっと見つめることしばし、ふいに何かに気づいた顔で、円華は首を傾げ、さらにずいっと身を寄せた。

「……うーん？」

あれれ？　と、鼻先がくっつかんばかりに顔を寄せて、金髪碧眼青年の美貌をまじまじと観察する。

あまりの急接近に戸惑った顔で、彼は東屋のベッドの上で、じりっとあとずさった。

「なんだ…よ……？」

吸い込まれそうな碧眼を臆《おく》さず見据えて、円華は「うぅん？」と、今度は逆に首を傾げる。青年が、金細工のような睫毛を瞬いた。

「まぁいいや。——行こ」

不審な行動の説明もないまま、円華は青年の腕をとる。

これでは強引なナンパとかわらない。さすがに慌てた玲が止めようと一歩を踏み出したものの、鋭い声がそれを制した。

「放せって！」

これまで以上に強い口調で言って、青年が円華の手を振り払う。

「図々《ずうずう》しいヤツだな！」

さっきからいったいなんだ！　と、ある意味当然の罵倒。

だが円華のほうはというと、これまたのほほんと気にする様子もなく、またもじっと青年の顔をうかがった。

「うーん……やっぱり、その怒った顔……」

どこかで……と、思考を巡らせる。

「円華くん？　あのね……」

玲が「だから四年前に……」と口を挟もうとすると、射るような碧眼が注がれた。玲は思わず口を噤《つぐ》んでしまう。

「見覚えある……ええっと……」

どこで見たんだっけ？　と、思考をぐるぐると三周くらい。

ようやく円華のシナプスが繋がる。ゆるり……と目を見開いた。

「……っ」

円華の表情から何を汲《く》み取ったのか、青年が慌てた様子で腰を上げた。そして立ち去ろうとする。

まるで、思い出さなくていい！　と、拒絶するかのような態度だ。

「待って！」

振り払われはしたものの、円華のほうがストライドが大きい。すぐに追いついて、また青年の腕を摑む。

「放せ――」

振り払おうとして、力でかなわなかったのだろう、青年が目を瞠る。その驚き顔を間近に見下ろして、円華が満面の笑みを浮かべた。

「ユーリ！」

「……っ」

ユーリと呼ばれた青年が、悔しそうに眉根を寄せる。そのわずかな表情の変化を、円華はまったく気にしていない。

「そうだ！　ユーリだ！　四年前にタイで会った！」

ようやく思い出してくれたかと、背後で玲がホッと息をつく。

それすらも気にくわない様子で、四年前に家族で行ったタイの高級リゾート地で円華と仲良く遊んだはずの少年……いや、青年ユーリは、滑らかな眉間に刻んだ皺をますます深めた。

「……俺はおまえなんか知らない」

言い捨てて、ふいっと顔を背けてしまう。その顔にはデカデカと、不満の二文字が書かれていた。

ユーリの不服気な顔もなんのその、円華は記憶の奥底から過去の思い出を引っ張り上げて、笑顔の大盤振る舞いだ。ユーリの眉間の皺がさらに深まる。

「僕だよ！　円華！　一緒にプールで泳いだ！」

「……知らないっ」

放せって！　と、腕を摑む手を懸命に解《ほど》こうとする。玲の記憶のなかでは、円華よりずっと背が高かったユーリだが、今彼の頭は円華の肩の位置だし、痩身はリーチの長い円華の腕のなかに、すっぽりと収まってしまいそうだ。

円華には、それほど強い力で拘束しているつもりがなくても、ユーリは振り払えない。体格差からくる力の差が歴然としていた。

それすらも不満だと言うように、ユーリは碧眼を眇め、キッと円華を睨む。さすがにユーリが怒っていることに気づいた円華が、「ごめんね」と詫びた。――が、生来の素直さを、こんな場面で発揮しなくていい。

「ごめん、すぐに気づかなくて。だってユーリ、昔は僕よりずっと大きかったのに、今は僕より小さいんだもん」

バカ正直すぎる感想を口にして、よりユーリの不興を買ってしまった。

「……っ、悪かったな！　予想外に育ってなくて！」

モンゴロイドの円華より華奢だなんてゲルマン民族の恥だとでも言いたげに、ユーリは円華の言葉に嚙《か》みついた。

ユーリはスウェーデン人だ。四年前の記憶から、円華はいくつかの情報を掘り起こしていた。北欧の人々に見られる美しい金髪碧眼はゲルマン民族の特徴だと、玲に習った覚えがある。

日常生活の役に立たない知識にもかかわらず円華が記憶していたのは、意識していなかっただけで、記憶の片隅にユーリと過ごした楽しい想い出が残っていたからかもしれない。

ユーリの憤りを受け流して、円華はその細い腕を引き寄せる。上体を屈《かが》めて、碧眼を覗《のぞ》き込むように間近に見た。

円華にしてみれば、興味のままに行動しているにすぎない。宝石のように綺麗な青い瞳を間近に見たかっただけだ。けれど、やられるほうにしてみれば、まさしく天然タラシとでもいうべきか、実に心臓に悪い。

だが、発せられる言葉がともなっていなければ、効果は半減どころかマイナスだ。

「ううん。それくらいでちょうどいいと思うよ」

ユーリのプライドを刺激するものでしかないセリフを、ニッコリと言う。言われたほうがどう受け取るのかなんてことは、円華の頭にはなかった。

「……っ、バカにしてんのかっ！」

結果、さらにユーリを怒らせてしまい、今度こそ力いっぱい摑んだ腕を振り払われる。肩を怒らせ大股に歩み去る痩身を、円華は目をパチクリさせて見送るよりなかった。

「え？　ちょ……待ってよ！　なんで怒るの？」

待って！　と追いかけようとしても手厳しく振り払われて、呆然《ぼうぜん》とたたずむ。

こうなるような気がしていたけれど、でももう少し考えて言葉を発しないと……と、手のかかる教え子を諫《いさ》める気持ちで傍らに立った玲に、円華は納得がいかない顔を向けた。

「なんで怒っちゃったの？」

「それ…は……」

わかってないだろうとは思っていたけれど、やっぱり……と玲は長嘆をつく。

「先生？」

子どもっぽく口を尖らせて拗ねても、イケメンはイケメンだけれど、でも笑って流していいことには限度がある。——と、一家庭教師でしかない玲が気苦労を背負いこむのは、当人はもちろん両親までもが、円華のこういった性質に、まったく頓着《とんちゃく》しないからだ。たしかに美点ではあるけれど、同時に欠点でもある。

だが、とうの円華には、円華なりの言い分があったらしい。

「えー？　だって、あんなに綺麗なんだから、ゴツイの嫌じゃん」

ようは、円華なりの褒め言葉だったわけだが、それが正しく伝わらなければ意味がない。――と、わかっていれば言わないわけで、円華は首を傾げるばかり。

けれど、「ねぇ？」と玲に同意を求めはするものの、四年前にタイで一緒に遊んだ少年に間違いないよね？　と確認をとったりはしない。間違いないと、円華の本能が告げているのだ。

長年の付き合いで、言っても無駄だとわかっていながら、生来の真面目《まじめ》さが放置を許さなかった。

どう言えば伝わるだろうかと考えながら、玲は円華を諫める言葉を口にする。

「円華くん、最後まで説明しないと、本意は伝わらないよ？」

「……本意？」

円華にとっては褒め言葉だったのかもしれないが、ユーリはバカにされたと完全に憤っている。誤解は解いたほうがいいに決まっている。

「とにかく、謝っておいで」

男の子相手に、体格の華奢さに触れる発言は禁句だ。――と言いきれるのは、玲自身がユーリと同じ立場だからだ。

「……？　なにを？」

まったくわかっていない顔で、円華がきょとりと瞳を瞬く。

「〜〜〜〜っ、いいから！　彼を追いかけて！」

追いかけて捕まえて、ちゃんと謝って許してもらうようにと、玲にぐいぐいと背を押されて、円華はいまひとつ状況を理解していないものの、「はぁい」と返事だけはいい子だった。

素直に言われたとおり、ユーリの去ったほうへ追いかけて、痩身を探す。

部屋に戻ってしまったのだろうか。

ラグーンプールからもプライベートビーチからも滞在部屋に直接戻れてしまうから、広い敷地を巡る遊歩道や建物と建物を繋ぐ廊下で求める背を呼びとめることは難しい。

それでも野生のカンとしかいいようのない確かさで、円華はユーリを見つけた。ラグーンプールに浮かぶ島のようにも見える東屋のテラスに、腰を下ろそうとしている。

すかさず声をかけてきたボーイにミネラルウォーターをオーダーして、手にしていた本を開いた。

――が、そこにヌッと差した影に驚いて顔を上げる。

「……っ！」

振り払ったはずの相手が目の前にいたのだから、驚かないわけがない。しかもデッキチェアのアームに両手をついて、逃がさないとばかりに檻《おり》をつくっているのだ。

「なんなんだよっ、おまえ！」

いいかげんにしろっ！　と毒づく声も、徐々に力のないものになりはじめていた。呆れはて、疲れきると、人間はやがて諦《あきら》めの境地に至る。

「タイでは一緒に泳いだよね」

「だから……っ」

自分はおまえなど知らない！　と否定しようとして、円華にテンポを乱され、ユーリはとうとう墓穴を掘る発言をしてしまった。

「ユーリ、すごく綺麗になってるから、見間違えちゃった」

「……っ、そっちこそ……っ」

まるで別人のように成長している、と皆まで言うまえに慌てた様子で口を噤んだ。

無邪気な口調でサラリと殺し文句を言う。それに動揺するあまり、つい過去を認めたも同然の言葉を返してしまったのだ。

「あ、やっぱり、ユーリだね」

「……っ」

円華に「ほら、間違ってない」と満足げに言われて、ユーリは諦念《ていねん》のこもった長嘆とともに肩の力を抜いた。

「四年前は、日本に帰るなって言ってくれたのに」

なのに、知らないなんて酷《ひど》いではないかと円華が言うと、ようやく上向きかけていたユーリの機嫌がまたも急転直下。

「怒って帰ったのおまえだろっ」

　急に怒りだして、すぐに帰国してしまったのは自分のほうではないかと返されて、円華は過去の記憶を掘り返す。けれど、四年前のタイ旅行では、大好きな玲に恋人ができてしまった衝撃が大きすぎたせいか、ユーリとすごした時間は、楽しかった記憶しかないのだ。

「……？　そうだっけ？」

「おまえ……」

　覚えてもいないのか！　とユーリのかたちのいい眉が釣り上がる。

　ようやくまともに話ができそうな雰囲気になったのに、またもユーリを怒らせてしまい、円華は慌てて、腰を上げようとした彼の白い手をとった。

「ついてくるな！」

　摑んだ手を、思いっきり振り払われた。それをすぐさま摑み返して、円華は痩身をひきとめることに成功する。

「僕のこと大好きって、言ってくれたのに」

　四年前、タイで一緒に過ごした時間は決して長くはなかったけれど、一緒にいてすごく楽しかったし、ユーリは円華に「大好きだよ」と言ってくれた。

四年前を思い出して言うと、ユーリの白い頬が朱に染まる。

「お、覚えてないっ」

「えぇっ!? ひどいっ」

自分を棚上げして、円華が文句を言った。

それに腹を立てたユーリは、円華の腕からスルリと逃げて、二つ向こうの東屋へ。円華が追いつくと、また立って、東屋から東屋へ。ひらりひらりと逃げる蝶《ちょう》のようだ。

待ってよぉ…と、円華は歩くたびに揺れるやわらかそうな金髪に誘われるままに、ユーリの背を追いかける。

最初は、本気で逃げるユーリを円華が追いかけていたのが、だんだんじゃれあいの様相を呈してきて、ラグーンプールを囲むようにつくられた東屋と東屋を繋ぐテラスを、鬼ごっこをするかのようにゆったりと巡った。

敷き石が組み合わされてできたテラスは、完璧《かんぺき》なラグジュアリーとホスピタリティを備えたリゾートホテルにあっては、わずかな段差もなく整えられているのだが、ゆるやかなスロープにつくられた階段だけはいたしかたない。

「わ……」

目測を誤って、幅広い階段の端にユーリが爪先《つまさき》をひっかける。

「危ないよっ」

傾いだ痩身を、一歩後ろをついて歩いていた円華の腕が抱きとめた。

「……っ」

決してワイルドな印象はないのに、それどころか肉体労働とはまるで無縁の草食系イケメンのくせして、その腕が存外と力強く、ユーリの痩身を支える。

その瞬間、ふたりの脳裏を過ったのは、同じ記憶だった。

「タイのときと逆だね」

四年前、タイでの出会いは、この真逆のシチュエーションだったのだ。プールで滑って転びかけた円華を、ユーリが助けてくれた。あのときの円華は華奢で小柄なのに元気を持てあましていて、はしゃぎまくる円華が怪我をしたりしないかと、ユーリは目が離せなかったに違いない。

「円華……」

その円華が、今やしっかりと自分の身体を支えられる体躯《たいく》の持ち主に育ってしまったことを今一度確認するかにユーリが碧眼を瞬く。

金色の睫毛に縁取られた宝石のように美しい青い瞳は、四年前とかわらず澄んでいるけれど、見る角度によって輝きを変えることに円華は気づいた。

「ユーリの瞳の色、この角度で見ると、こんなに綺麗だったんだ」

またも素直すぎる感想を述べて、ユーリを絶句させてしまった。ユーリの白い頬が朱に染まる。なぜか悔しげに、滑らかな眉間に皺が刻まれる。

それでも、抱きとめた腕は、今度こそ振り払われなかった。

「追いかけっこしたらお腹すいちゃったね。アフタヌーンティー、食べにいかない？」

ユーリの眉間の皺が消えた。――のも束《つか》の間《ま》。

「先生も誘わなくちゃ！」

ママはどうするかなぁ……と、つづく言葉の途中で、「バカッ」と、ユーリの罵声が、すぐ耳元で響いた。

「……え？」

腕の中の痩身がすり抜けて行く。

「え？　え？　ま、待ってよ〜！」

どうして!?　と追いかける円華の鼻の先、いきなり足を止めたユーリが振り返ったかと思ったら、とん！　っと軽く肩を押される。

「……？　なに……」

身体が背後に傾ぐ。三秒後、派手な水しぶきを上げて、円華はラグーンプールに背中から落ちていた。

西脇円華《にしわきまどか》とユーリ・ヨアキム・ハールトマンが出ったのは、タイ沿岸部に建つ隠れ家的高級リゾートでのことだった。

今から四年ほど前、円華は中学生で、ユーリが十五歳のときのことだ。

当時、成長期の訪れの遅かった円華は、華奢で小柄で、天使のように愛らしい少年だった。

一方、西欧人らしく早いタイミングで成長期が訪れていたユーリは、当時は円華よりゆうに頭ひとつ分は背が高く、おとなびた印象の美少年だった。美しい金髪碧眼は今と変わらず、当時から整った容貌をしていたけれど、成人を目の前にした今現在の彼の美貌とは質の違う、あの年代の少年特有の危うい美しさだった。

あの当時、見上げなければならない身長差があったのだから、当時と逆の目線で、当時以上の身長差ができてしまえば、咄嗟《とっさ》にわからなくても当然だ。

円華は自分がいかにすくすくと成長してしまったかの自覚がいまひとつ欠けている。しかも、頭の中身は四年前とさほど変わっていない。一方のユーリには、目の前の状況を分析することが可能だった。

だから、四年ぶりに再会したとき、ユーリにはひと目で円華がわかったのに、円華には今のユーリと当時のユーリとが結びつかなかったのだ。

旅行で訪れたリゾート地で、同じ歳《とし》ごろの少年ふたりが仲良くなるのに、時間はかからなかった。

大人にとっては優雅で静かな高級リゾートも、子どもには退屈極まりない場所だ。

正月休みを大好きな両親と玲と一緒にすごせるだけで満足だった円華と違い、円華と知り合うまでのユーリ少年はたいへん退屈していた。

客を選ぶほどの高級リゾート地ゆえに、家族連れの姿はほぼなく、プールサイドには優雅にまどろむマダムやカップルの姿しかない。かろうじての退屈しのぎは、どこからともなく紛れこんできて居つく猫たちの存在くらいのもの。

仏教国で殺生を禁じられているタイでは、傷つけられることがないと知っているのだろう、野良猫たちはホテルだろうがレストランだろうがわがもの顔で出入りする。人間も追い払ったりはしない。

それゆえ猫たちは大変穏やかな気質で、人に爪《つめ》を立てたりしないから、共存共栄が成り立っている。

プールサイドで、懐いてきた猫を膝《ひざ》にトロピカルジュースを飲みながらペーパーバッグを読み漁《あさ》るくらいしか、少年ユーリには時間のつぶしようがなかった。

ホテル周辺にはさまざまなアクティビティが用意されていたけれど、ひとりではつまらない。仕事も兼ねて来ている両親は、クリスマスが過ぎた途端に打ち合わせが入ったりして、リゾートホテルだというのに忙しくしていた。

北欧では、クリスマスは十二月いっぱいかけて盛大にお祝いするものの、ニューイヤーはさほどでもなく、新年が明けると早々に仕事をはじめる会社もあるほどだ。だから両親の姿は、なんら変わったものではない。

北欧雑貨やテキスタイルを扱う会社を経営する父親が、タイ人実業家に招かれて、休暇と仕事をこの場所でする気になっただけのこと。元モデルで美貌を誇る母が、スパやエステに魅力を感じたのも決めた理由だったかもしれない。

そんなわけだから、ニューイヤーを家族で過ごすためにやってきた少年との出会いは、残りの滞在期間を絶対的に楽しくしてくれるものだった。

目に映るものすべて、どころか身の周り三百六十度に興味が向くタイプの円華は、中学時代、今よりさらにもっと活動的だった。

小動物がちょこまかと動きつづけるのと同様に、じっとしていたら死んでしまうとでもいいたげに遊ぶことにも食べることにも夢中になる子どもだった。

涼やかな水をたたえたプールに感激して、さらには南国植物の葉陰から誘うように顔を覗かせる猫を追いかけて、興味のままに駆けだしてしまう。

プールサイドで猫を捕まえた。抱き上げると、頬をすり寄せて甘えてくる。

「懐っこいやつだなぁ」

「なぁう」

「いいよ、一緒に遊ぼう！」

「うなぁ」

「なにして遊ぶ？　かくれんぼ？」

「みゃっ！」

そんなやりとりを交わしながら、遊んで遊んでと愛想をふりまく猫にかまけていたら、気づかぬうちに足元がおろそかになっていた。プールの端に躓《つまず》いてしまう。

「わ……っ」

「うにゃん！」

円華が水に落ちる前に、危険を察知した猫は円華の腕を飛び出したが、円華のほうはさすがに猫ほどの敏捷《びんしょう》性を発揮することはできなかった。

プールに落ちたって、日本の正月じゃないのだし、別にいいや……と、円華が重力に身を任せようとしたところで、それを制する力がかかる。

「……え？」

白い手が、円華の腕を摑んでいた。

「大丈夫？」

気遣う声とともに、ぐいっと引っ張られる。間一髪、円華はプールに落ちずにすんだ。

円華より少し年上に見える、眩いばかりの金髪碧眼の少年が目の前にいた。細身だけれど背が高くて、アイドルグループのメインボーカルのように見えた。

「ありがとう！」

ゴージャスも極まるリゾート地ゆえか、とても静かで同じ年頃の子どもの姿を目にしていなかった円華は、途端、目の前の少年に興味を示した。

「すごい！　綺麗な目の色だね！」

見上げる瞳はマリンブルーで、まるで宝石のように輝いていた。太陽光を弾《はじ》く金髪も、まったく陰りのない色味だ。

「僕、円華。西脇円華。日本から来たんだ。きみは？」

「僕はユーリ。スウェーデンから来たんだよ」

このときはまだ、玲の恋人となる男の国籍を知らなかったから、スウェーデンと聞いても、どこらへんだっけ？　と思ったにすぎなかった。もちろん、円華の脳裏に世界地図が正しく描かれているわけもなかった。

とにかく遠いところ、寒そうな感じ、とだけ認識して、でも円華にとってはそれだけでよかったのだ。

「ひとり？」

「パパとママとね。でもパパは仕事だし、ママはエステ」

ユーリが、うんざりぎみに言う。

「僕もパパとママと来たんだ。あと家庭教師の先生も」

「家庭教師？　ニューイヤーホリデーまで勉強するの？」

せっかくタイまできてるのに？　と言われて、円華は「しょうがないよ」と微笑む。

「僕、試験があるんだもん」

「試験？」

へぇ……と、ユーリが目を見開いた。

「勉強しなくていいの？」

「午前中に先生に見てもらったから大丈夫」

玲が聞いたら、「全然大丈夫じゃないよっ」と胸中で叫んだだろうが、幸いなことに円華の呑気極まる発言を聞いたのはユーリひとりだった。

「ねぇ、ビーチに降りてみない？」

「いいよ、行こう！」

同年代の遊び相手に餓《う》えていたふたりは、すぐに意気投合した。

友だちと一緒なら楽しめるアクティビティが、リゾート施設の周辺には幾らでも用意されている。シュノーケリングにジェットスキー、パラセイリング。マリンウォークで色鮮やかな熱帯魚と戯れるのもいい。

ヨットを漕ぎだして、ただ波間に揺られているだけでも楽しいし、母とふたりでは遠慮したいマッサージも、友だちとだったら楽しいかもしれない。

「泳ごうよ！」

「ここはプライベートの湾になってて波が穏やかだから、シュノーケリングにしよう」

プライベートビーチで泳ぐのもいいけれど、シュノーケリングのできるスポットもあると言う。ユーリは、このリゾートホテルに来るのははじめてではない様子だった。

「やったことある？」

「教えてあげるよ」

装備一式はホテルで貸し出してくれる。

スタッフから簡単なレクチャーを受けて、シュノーケルとマスクとフィンを身につけ、海に入った。

「ずっと浮いてると背中が焼けるから気をつけて」

「だからTシャツ着たまま入るんだね」

最初は、ユーリが手を握って、先導してくれた。

南国の海は温かくて、とても綺麗な青い色。そのなかで、色とりどりの魚が泳いでいる。

海のなかは、別世界だった。

絵本のなかにみる竜宮城や人魚姫のお城って、きっとこんな感じ？　と、円華はシュノーケリングに夢中になった。

ちょっと岸から離れすぎると、すぐにユーリが連れ戻してくれる。絶景のポイントがあれば、手をひいて連れていってくれる。

ユーリと過ごす時間は楽しくて、翌日から午前中の勉強時間を終えると、ダッシュでユーリのもとへ飛んでいくようになった。

自分がユーリとの時間にかまけている隙に、大好きな玲がスウェーデン貴族に奪われたのだと思えば、のちのち後悔しきりだったが、このときはただただ楽しくて楽しくてならなかったのだ。

「今日はなにして遊ぶ？」

ユーリに飛びついて、早く行こうとシャツの裾《すそ》を引っ張る。

「クルーザーで湾を巡ろうよ！」

大きく頷いて、ホテル所有の豪華なクルーザーに乗り込んだ。浜辺や岩場の景色も素晴《すば》らしいけれど、海から眺めるホテル一帯の景色も素晴らしかった。

高速で進むクルーザーで海風に打たれて、青い空と海を満喫した。南国の海は本当に綺麗な青い色をしているけれど、でもユーリの瞳の色のほうがずっと綺麗に見えた。

浜に戻って、波打ち際で水をかけあってはしゃいで、疲れたらデッキチェアでお昼寝。最上級のホスピタリティの約束されたリゾートホテルでは、浜辺にいてもホテルのプールサイドとかわらないサービスを受けることが可能だ。

冷たいトロピカルドリンクで喉を潤して、小腹が空けば美味しいスイーツを分け合って食べる。

スウェーデン語を教えてもらい、かわりに日本語を教えたのだけれど、円華の口語では、あまり役に立たなかった。玲に教えてもらったほうがいいかもしれないと思い直す。

「先生なら、もっと上手に日本語を教えてくれるよ」

「先生?」

「僕の家庭教師の先生。すごく上手に教えてくれるんだ」

先生のおかげで、円華の成績はなんとかなっているのだと説明する。

「やさしいし、可愛いし、僕、大好きなんだ!」

大好きな玲のことをユーリにも知ってほしくて、勢い込んで話したのに、ユーリの反応はいまひとつだった。「へぇ……」と相槌《あいづち》を打つだけで、「会いたい」とも言ってくれなかった。

「勉強なら、僕と一緒にやればいいよ」

「だって僕、先生に教えてもらわないとわからないもん」

プールサイドのテーブルで自分も一緒に勉強すると言われたが、ユーリに日本の学校の授業内容など教えられるわけがない。自習という意味だったら自分には無理だと、円華は首を横に振った。

途端、ユーリの眉間に縦皺が刻まれる。

「ユーリ……？」

どうしたの？　と円華が首を傾げると、ユーリは黙ってしまった。そして、拗ねたように言う。

「僕だって、円華が好きだよ」

「……？　僕もユーリが好きだよ」

それがどうしたの？　と言わんばかりに小首を傾げると、ユーリの眉間にさらに深い縦皺が刻まれた。

「僕のほうが円華のこと好きだよっ」

地団太を踏むように言われても、円華には、「僕もだよ」としか返しようがなかった。だって、事実だったから。ユーリのことは好きだから。

「〜〜〜〜っ、もういいよっ」

「……？」

このときからだったと円華は記憶している。玲の名前を口にすると、ユーリが不機嫌な顔をするようになったのは。

諸外国のように長期の休暇をとる習慣のない日本で、正月休みは貴重だ。滞在期間はそれほど長いわけではない。だから円華はユーリともっと仲良くしたかった。なのにユーリの態度が解せなくて、ユーリがつまらなそうにするたびに、円華も口を尖らせるよりほかなくなる。

だったら一緒にいなくてもいいのに、ふたりとも自分のほうから距離をとろうとはしない。背中合わせにそっぽを向きながらも、一緒にいる。

プールサイドのベンチで、円華は膝に山盛りのフルーツの皿を乗せてむしゃむしゃと口に運びながら、ユーリは膝に分厚いペーパーバック——ファンタジー小説だ——を広げて、背中あわせに腰かけている。

円華の手元は果汁でベタベタだし、ユーリはさきほどから一ページもめくっていない。

「ねぇ、ユーリ」

「……」

「ボート乗りにいかないの？」

「……」

「ねぇ」

「大好きな先生誘って行けばいいだろ」

やっと声が返ってきたと思ったら、冷たく言われて円華は口を尖らせた。

「最初に誘ったのユーリじゃないか」

ボソッと呟くと、背中側から軽く肘《ひじ》で小突かれる。

「痛いよ」

文句を言ったら、またコツン。

「痛いってば」

「痛いほど力いれてない」

「わかってるんならやめてよ」

今度はゲシッと脇に肘が入った。

「ユーリ！」

もうっ！　と円華が振り返る。ユーリの肩に触れようとして、「ベタベタの手で触るな！」と振り払われた。

「〜〜〜〜っ」

邪険にされて、円華の鬱憤《うっぷん》が爆発する。

「ユーリのバカっ！」

綺麗な金髪を、むしゃむしゃ食べまくったフルーツの果汁でベタベタになった手で、わしゃわしゃっと掻《か》き混ぜた。

「……っ！　なにするんだっ！」

「そっちこそ！」

まるで幼児のように、摑み合いの喧嘩。

騒ぎに驚いたホテルスタッフが「お客さま……⁉」と止めに入るより、周囲が見えなくなったふたりがプールに落ちる方が早かった。

ざっぱん！　と、盛大な水しぶきをあげて、もつれ合ったままプールに落ちる。その拍子に、おでこがゴツン、ついでに唇も触れた気がしたけれど、直後に水をかぶったために、それどころではなくなった。

「……っ！」

ふたりともに、すぐに水面に顔を出したものの、咄嗟のことに水を飲んでしまい、盛大に咳《せき》こむ。

「お客さま！　大丈夫ですか⁉」

ホテルスタッフがタオルを手に飛んできて、ふたりをプールから引き上げてくれた。

「あ…りが、と……」

せき込みながらも礼を言い、大丈夫だからと、心配顔のスタッフを下がらせる。

「ユーリ……」

大丈夫？　と、顔を覗き込もうとしたら、それを避けるように逃げられた。白い頬が朱に染まっている。

「ユーリ！　待ってよ！」

部屋まで追いかけて、ようやく捕まえた。

ほかに人影はない。ユーリの両親も、円華の両親同様、子どもなどほっぽいて、新婚気分でリゾートを満喫しているに違いない。

「ユーリ！　もうっ、いいかげんにしろよなっ」

なんなんだよっ、と文句を言って、腰に手をあて口を尖らせる。

ホテルスタッフにかぶせられたタオルを頭からかぶった恰好で、ユーリは背を向けてたたずむ。こっちを向けと肩に手をかけたら、その手を摑まれた。

「……？」

小首を傾げた次の瞬間には、唇と唇が軽く触れていた。さっきプールに落ちる寸前に感じたのとは、まるで違う体温を感じる。

「……っ！　……え？」

あれは事故だと思っていたから、余計に驚いた。大きな目をぱちくりさせていると、タオルで隠された碧眼がこちらをうかがって、「円華が悪いんだ」とボソリ。

驚きも吹き飛んで、円華はまたも口を尖らせる。

「な、なんだ…よ、それ……っ」

断りもなくキスしておいて！　と嚙みつくと、今度は二の腕をとられた。

ぐいぐいひっぱられて、どこへ連れて行かれるのかと思ったら、自分が宿泊している部屋とあまりかわらないつくりの寝室。

ベッド脇で軽く肩を押されて、ぽすんっとベッドに腰を落としてしまう。

ユーリがプールに出た隙に部屋の掃除がされたのだろう、綺麗にベッドメイキングされていた。それでも、円華の部屋には円華の私物が散らかっているけれど、ユーリの寝室はとても綺麗に片づけられていて、まるで客を迎える前のようだ。

綺麗好きなんだなぁ……なんて、呑気なことを考えていたら、今度は両手でぐっと肩を押される。華奢な円華はベッドに背中から倒されてしまった。

さすがにユーリの意図を察して、大きな目をさらに大きく見開く。

若い衝動のままにのしかかってきたユーリの肩を、円華は思いがけず強い力で押しのけた。そして、たぶんユーリには意外だったろう言葉で応戦する。

「なんで⁉」

どういう意味の「なぜ」なのか、言った当人にもわかっていなかった。ただ、どうしても、このシ

チュエーションに納得がいかなかった。

「円華がちっちゃくて可愛いのがいけないんだっ」

ユーリが大真面目に返してくる。

ただでさえ、大好きな玲に小さな弟扱いしかしてもらえなくて、ちょっと不服に感じていた今日この頃、円華にとってそれは禁句だった。

ここ数日で、玲の周辺には妙な男の影がちらついていて、なんだか不穏な気配だというのに、自分にはどうにもできないのだ。

「ち、ちっちゃくない！」

説得力はないが、言わずにいられない。

「小さいだろ！　僕よりこんなに小さい！」

ユーリはユーリで、「小さくて可愛い」を連呼する。とうとう円華はキレた。「悪かったな！」と、白い肩を突き飛ばす。

「今は小さいけど、大きくなるんだから！」

言い捨てて、部屋を飛び出した。

「円華!?」

追いかけてこようとしたユーリに、拒絶のひと言。

「ユーリなんか嫌いだっ」

好きが極まった嫌いだと、お子さまな円華自身が気づけるわけもなかったし、言われたユーリも言葉のまま、額面通りに受け取ってしまった。

「……っ」

決定打だった。

せっかく仲良くなったのに、「またね」も「メールするよ」もないままに、別れることになってしまったのだ。

「帰るなよ」

ボソリとユーリが言う。

「帰るよっ、試験があるんだもん」

そっぽを向いて、円華が吐き捨てる。

これが最後。

円華は部屋に駆け戻って、ユーリは今度こそ追いかけてこなかった。

子どもだから、意地を張ってしまったのだけれど、結局のところ、どうしてこんなに不愉快だったのかとか、なぜ素直になれなかったのだろうとか、よくわからないままに、あやふやになってしまった。

でも不思議なことに、円華の記憶には、楽しかったことしか残っていない。

喧嘩したことも、それっきりになってしまったことも、どうして「嫌い」なんて言ってしまったのかも、いつの間にか忘却の彼方《かなた》。

もしかすると、何か原因があって、意識的に忘れていたのかもしれないけれど、己の思考を分析できるような円華ではなかった。

このあとすぐに帰国してしまったし、そのときには玲がいろいろ大変なことになっていて、それどころではなくなっていたのだ。


ラグーンの水をたっぷりと飲んだおかげかなんなのか、円華は四年前のタイでのできごとを、ようやく詳細まで思い出した。

「カナヅチでもあるまいし」

毒づきながらも、デッキチェアにぐったりと腰を下ろす円華にユーリがタオルを投げてくれる。

自分でつき落としておきながら、円華が派手に水を飲んだために、さすがに罪悪感に駆られたらしい。スタッフが差し出してきたタオルを頭からかけてくれたまではよかったが、言葉も態度もつれないままだ。

「ひどいや。つき落とさなくてもいいのに」

円華が口を尖らせると、ユーリの眉間に刻まれる縦皺。自業自得だとでも言いたげに、眇められる碧眼。でも、そんな表情をしていても、とても綺麗だと円華は見惚《みほ》れた。

「……なに？」

水を滴らせる髪を掻き上げつつ、じっと見ていたら、不躾だとまた睨まれる。でも、円華はめげない。

「綺麗だな、って」

素直に言って、ニッコリ。

「……っ、調子いいなっ」

吐き捨てて、ユーリはそっぽを向いてしまう。

「ちゃんと拭《ふ》けよ」

早口に言って、背を向けようとする。

「待って」

素早く手首を摑んで引き止める。いつもはのんびりしているのに、こんなときばかり素早い円華だった。

「アフタヌーンティー、ここの目玉なんだから」

パティシエ自慢のスイーツと、有名なインドネシア紅茶、バリコーヒーが自慢の、ホテル一押しのアフタヌーンティーを、体験しない手はない。

「OKなんて、した覚えない」

誘ったのはそっちの勝手であって、自分は頷いていない。お茶したければひとりでしていろと言われる。

「ひとりでお茶してってもつまんないじゃん」

優雅にひとりの時間を堪能《たんのう》できる大人じゃあるまいし、お茶なんひとりでしていてもつまらないと訴える。

「大好きな先生を呼べばいいだろっ」

お茶の相手が欲しいのなら、自分でなくてもいいはずだと頑《かたく》なに拒まれて、円華は上目遣いにユーリを見た。

「僕はユーリとお茶したい」

おねだりのポーズに、玲ならいつも折れてくれるのだけれど、ユーリは手ごわい。摑んだ手を振り払われる。

円華を置いていこうとする痩身を追いかけて、一歩後ろをついて歩く。それこそ、散歩をねだる犬のように。

「ねえ、ユーリ」

「……」

「じゃあ、ボートは？　ラグーンで乗れるよ」

「……」

「ビーチをお散歩する？　で、ドリアン食べようよ」

「……」

完全無視。

それでも円華は諦めなかった。

「タイにはいっぱいニャンコがいたのにね。バリにはいないね」

道端をうろつく痩《や》せた犬と闘鶏《とうけい》用の鶏《とり》とはいくらでも見かけるけれど、のんびりと惰眠を貪《むさぼ》る猫の姿はあまり見ない。壁や天井にはりつく守宮《ヤモリ》だけは変わらないけれど。

「ユーリは猫と犬、どっちが好き？　僕はどっちも好きだけど、どっちかっていうと猫かなぁ」

ユーリは動物飼ったことある？　スウェーデンのおうちには番犬とかいるの？　と、興味のままに言葉を向ける。

ふたりが出会ったタイのリゾート施設は、セレブ御用達の隠れ家的ホテルで、いわゆる一見さんお断りだった。そんな場所に長期滞在できる人間は限られているから、玲の恋人のスウェーデン貴族ほどではないにせよ、ユーリの家も大きなお屋敷なのだろうと、円華は想像するばかりだ。

「スウェーデンのおうちって広いの？　僕、スウェーデンは行ったことないんだ。えっと、なんだっけ、スカ……スカ……」

中学地理で習うはずの地名を思い出せないでいる円華に耐えかねたユーリが、ついうっかりと答えてしまう。

「スカンジナビア半島！」

「そう！　それ！」

返した後で、「あ」という顔のユーリと、喉の痞《つか》えが取れたかのように喜色満面の円華と。見つめ合うことしばし、折れたのはユーリだった。

「もうっ」

イライラを吐き出して、ため息をひとつ。そうしてやっと、怒らせていた肩から力を抜く。

「ボートもビーチも、まだ暑いよ」

腕組みをして、そっぽを向きながらも、円華の誘いに応じてくれる。

「……！　じゃあ、アフタヌーンティーだね！」

やった！　と飛びつくと、痩身が円華の腕のなかでビクリッ！　と震えた。ユーリの白い頬に朱が差す。

そんなことにはかまわず、円華はユーリの薄い肩を抱いて、アフタヌーンティーが自慢のレストランへと足を向ける。

「その恰好でいくつもり？」

ラグーンに落ちたから、円華はずぶぬれた。

「ダメ？」

プールから上がった恰好でレストランに入る客もいるけれど……と返すと、ビシッと外を指さされた。

「着替えてこい」

絶対のコマンドに、円華は「待っててね」「絶対にいなくならないでね」と何度も念を押して、自分の客室に駆け込んだ。大急ぎで着替えてラグーンに出ると、レストランに通じる小路《こみち》のところでユーリが待っていてくれた。

ラグーンに落ちたのは円華だけだったが、汗をかいたからだろう、ユーリも着替えをすませていて、真っ白のコットンシャツが目に眩しい。襟元から覗く肌は抜けるように白かった。

「ここのアフタヌーンティー、楽しみにしてたんだ」

「……ふうん」

日本を発《た》つときから楽しみにしていたのなら、どうせ大好きな玲と一緒に来ようと計画を立てていたのだろうと、ユーリが毒づく。

「うん。そのつもりだったんだけど、でも――」

ユーリがムッと口をへの字に歪《ゆが》めたのにも気づかず、円華は応対に出てきたスタッフに、ラグーンの眺められる席を指定した。

「恋人と一緒のほうがいいみたいだから」

「……恋人？」

険しかったユーリの表情が少しゆるむ。

「ムカつくやつなんだ。キザでいけすかなくて、すごい実業家で製薬会社の社長で、腹たつくらいカッコいい」

貶《けな》しているのか認めているのかわからない言葉の羅列で、円華は大好きな玲を攫っていった男を語る。

「……そう」

ユーリの表情がまた硬くなって、碧眼が伏せられた。長い睫毛がその上に影をつくるさまは憂いに満ちた美しさだ。

向かい合わせではなく、斜向《はすむ》かいに腰かけて、円華はユーリのその美しい横顔をじっとうかがった。

ユーリはというと、頬が熱くなるのを感じながらも、あえて視線を合わせないようにそっぽを向いている。

その横顔を、円華は飽きもせずに見つめた。

やわらかそうな金髪が、ラグーンから吹き込む風に揺れるさまが綺麗で、思わず手を伸ばしてしまう。

ユーリの薄い肩が、またビクリと揺れた。碧眼が、驚きを浮かべて円華を見る。

「やわらかいね。毛の長い猫みたいだ」

思い出したのは、友だちの家で飼われているラグドールという、お人形のように愛らしい猫の、ふわふわの毛触りだった。

すると、ユーリの手が少々乱暴に伸ばされて、円華の前髪をくしゃりと混ぜる。

「きみは犬だな。大きいヤツ」

どう聞いても、ニュアンス的に褒め言葉ではないのに、円華は「どういうの？」と身を乗り出した。

なんでもいい。ユーリが会話に応じてくれたのが嬉《うれ》しかったのだ。

「シェパードとかドーベルマンとか？」

カッコいいヤツ？　と目を輝かせると、ユーリは少々面食らった顔をして、それから濃い呆れの滲《にじ》む長嘆。

「……もう少し自分を見つめ直したほうがよくない？」

「……？」

きょとり……と瞳を瞬く円華にもうひとつ長嘆を零して、ユーリは「なんでもない」と話を切ってしまった。

そこへ、タイミングよくオーダーしたアフタヌーンティーのスタンドが運ばれてくる。ふたり分がひとつのスタンドに美しく盛られていた。その周囲に、ティーセットがセッティングされる。

「わぁ！　美味しそう！」

円華が女子高生のような歓声をあげると、テーブル脇についたスタッフが微笑ましげな笑みを浮かべて、スタンドに盛られた品と紅茶の説明をしてくれた。

パティシエが腕を揮った色とりどりのスイーツと厳選素材のタルティーヌ、月替わりのスコーンにはたっぷりのクロテッドクリームとメイプルシロップ、数種類のジャムが添えられている。

ティーカップのなかで芳《かぐわ》しい湯気を立てるのは、主に海外輸出用に生産されているインドネシア紅茶で、季節のお勧め数種類のなかから、円華の「美味しいの」というアバウトすぎるリクエストに応じてスタッフが選んでくれたものだ。

円華の髪が濡《ぬ》れているのを見て、身体が冷えていると思ったのだろう、ホットティーを勧めてくれた。寒くはないけれど、スイーツには温かい紅茶が合うと円華は思う。

「パッションフルーツのムースにバリコーヒーのモカロール、ベネズエラ産カカオのチョコタルト、スコーンはオートミールとローズマリーで、ドラゴンフルーツのジャムだって！」

ウキウキとメニューを読み上げる円華に斜向かいから注がれる、呆れたようなそれでいて微笑ましげな眼差《まなざ》し。ユーリの青い瞳からさきほどまでの険が消え、口許には微苦笑。

「スコーンはあったかいんだって。冷めないうちに食べなくちゃ」

焼きたてのスコーンとクロテッドクリームの取り合わせは最高だ。目に鮮やかなショッキングピンクをしたドラゴンフルーツのジャムも、絶対に美味しいはず！

手を合わせて元気に「いただきます！」をして、円華はいそいそとフォークを取り上げた。その様子を見ていたユーリが、円華を真似《まね》て手を合わせる。

「いただきます」

食事のまえに「いただきます」と手を合わせるのは日本独特の習慣で、諸外国の言葉に翻訳できない日本語だ。ほかにも「もったいない」や「おもてなし」など、そのまま使われる美しい日本語はたくさんある。

ユーリは、まずはスイーツではなく、通常サンドイッチの盛られる段の皿で異色をはなっているタルティーヌに手を伸ばした。

タルティーヌというのは、ベルギーの伝統的なオープンサンドのことだ。無精白小麦の薄切りパンの上に、海老にアボカド、生ハムといったメインの具材と、グリーンリーフ、パプリカなどの新鮮野菜が、芸術的な美しさで盛られている。

円華がスコーンを手で半分に割ると、湯気がふわっと上がった。

「あつあつだ」

クロテッドクリームをたっぷりのせて、その上からメイプルシロップをこれでもかとかける。シロップの海でスコーンが溺《おぼ》れているような状態だ。

ユーリは目を剝《む》いたが、円華はまるで気にすることなく、メイプルシロップが滴るスコーンにかぶりつく。「おいしい！」と、口中で感嘆をもごもごさせて、もののふた口でスコーンひとつを胃におさめた。

パッションフルーツのムースもバリコーヒーのモカロールもチョコタルトも、大きなひと口で次々胃におさめていく。

美味しそうにたくさん食べる姿は見ていて気持ちのいいものだ。横着そうに見えてその実、しっかりと躾けられている円華は食べ方が綺麗で、より美味しそうに見えるのだ。

円華の食欲に触発されたのか、それとも単純に美味しかったのか、最初は渋々顔だったユーリも、スコーンを食べて頷き、スイーツを食べて頰を綻《ほころ》ばせた。美味しいものは、ひとを幸せにする。

「美味しいね！」

「……うん」

ようやくユーリの眉間から縦皺が消えた。そうすると、さっきまでのツンとした表情とはまた違う一面が見えはじめて、円華は楽しくなった。

勢いのついた食欲は止まらない。アフタヌーンティーをペロリと平らげた円華は、自分の分も食べていいと言うユーリを制して、ココナッツタルトとランブータンのジュレ、アフタヌーンティーのなかで一番気に入ったモカロールを単品で追加オーダーする。

そんなに食べられるのかと目を丸くするユーリの心配をよそに、円華は追加品も先と変わらぬ調子で食べ進めた。

「タイでも、お菓子とフルーツばっかり食べてたな」

そういえば……と、ユーリが呆れた口調で呟く。四年前のことを覚えていると聞いて、円華は目を輝かせた。

「ユーリは辛いエスニックが大好きだったよね！　青唐辛子いっぱい入ったやつ」

今でも好き？　と問いを向けると、ユーリは小さく頷いた。

「インドネシア料理って、そんなに辛くないよね。またタイにいきたいね！」

「……うん」

円華もエスニック料理は大好きだ。辛すぎるのは苦手だけど、四年前にタイで食べた料理はどれもみんな美味しかった。

玲の恋人がオーナーでさえなければユーリを誘ってこの夏休みにでも行きたいところだけれど、ちょっと面倒くさいことになりそうな気がする。

「なんとかなんないかなー……」

「……え？」

なにが？　とユーリが怪訝そうに首を傾げる。

その肩越し、円華はレストランに姿を現した長身の客の姿を目に捉《とら》えて、長い睫毛を瞬いた。そして、眉間に皺を寄せる。

「……？　円華？」

怪訝に感じたユーリが、円華の視線を追う。そして、ユーリはユーリで、せっかく消えたはずの眉間の皺を復活させた。

「円華くん……」

長身の影に隠れていた痩身が顔を覗かせて、ふたりに気づく。玲だ。となれば当然、その前に立つ長身の人物は、彼の恋人だった。

来るだろうとは思っていたけれど、こんなに早く登場するとは思わなかった。心の狭いヤツ！　と円華は口を尖らせる。円華にとっては、大好きな玲と過ごせる最後の長期休暇かもしれないのに、それすらも許さないなんて。

「あれ……ローゼン卿？」

スウェーデンでは顔の知れた有名人なのだろう、ユーリが長い睫毛を瞬かせる。

元貴族の家柄で、スウェーデン屈指の資産家で実業家。傘下にいくつもの企業を有し、円華がユーリと出会ったタイのリゾート施設にも資本が入っていた。

どういう経緯だったのか、細かいところは何度聞いても玲は恥ずかしそうにするばかりで教えてくれないのだけれど、四年前のタイで出会って、そういう関係になったことだけはたしかだ。

玲は幸せだというのだけれど、いい歳をして嫉妬深い上に束縛激しいフォン・ローゼンに、玲は振りまわされているようにしか円華の目には見えない。

だから円華は素直に祝福できないのだ。

大好きな先生には、ずっと幸せでいてもらわなくては嫌なのだ。

「先生を追いかけて来たんだ」

円華が吐き捨てる。

ユーリは、手にしていたフォークとナイフを置いた。

すると、フォン・ローゼンの手をスルリと交わした玲がレストランを横切ってきて、ふたりのテーブル脇に立つ。そして「よかった」と微笑んだ。

「仲直りできたんだね」

ユーリに笑みを向けて、「こんにちは」「覚えてないかな？」と声をかける。

「四年前にタイで一度だけ会ってるんだけど」

ユーリの目に、四年前とあまり変わらない印象を与えているだろう、楚々《そそ》とした笑みを浮かべて、玲は微笑ましげにふたりを見やった。

天涯孤独の身の上の玲にとって、円華は可愛い弟のようなもの。その円華の友だちなら、ユーリも玲にとっては可愛い弟のようなもの。玲の思考回路は純粋で実にわかりやすい。——などと、円華にだけは言われたくないだろうが、事実は事実だった。

ニコニコとふたりを眺める玲の背後に、大股に歩みよってきた長身が立つ。

黒髪にアイスブルーの瞳の紳士は、常夏のバリにありながら、仕立てのいいスリーピーススーツを着込み、洒落《しゃれ》たネクタイを締めていた。

見覚えがある。あれは玲が贈ったものだ。選ぶのを手伝うという母と一緒に円華も買い物に付き合ったから覚えている。

アイスブルーの瞳が、睥睨《へいげい》するように円華の顔に落とされる。昔は小動物を見るかのような扱いだったが、円華の身長が伸びはじめてからはこんな態度だ。

仕事を終えて玲を追いかけてきたらしいローゼン卿は、「お話のところ、失礼」と、ユーリにだけ愛想のいい顔を向けた。円華の存在は完全無視だ。

「大企業の社長って、暇なんだね」

濃くなった紅茶にミルクを注ぎながら円華が棘《とげ》のある言葉を向けると、ふんっと鼻で笑われる。

「お気楽な学生ほどではない」

傍らの玲が困った顔を向けても、ローゼン卿に気にする様子はなかった。それどころか、わざわざ円華に見せつけるかのように玲の腰を抱き寄せ、つむじに口づけてみせる。

「ちょ……、カインッ」

ここは公共の場です！　と玲が潜めた声で抗議しても取り合わない。痩身を抱き寄せて、逃げられなくしてしまう。

気恥ずかしげにしながらも、玲もまんざらでもない様子だった。抵抗してみせても、それは恰好だけだ。

こんな姿をしょちゅう見せられていたら、邪魔したくもなるというもの。

ローゼン卿の横暴さはこの四年間かわらないし、玲への束縛は激しくなるばかりで、円華の家庭教師時間はかろうじて死守したものの、西脇一家と一緒にご飯を食べたりお茶をしたりといった勉強以外の時間は減らされる一方なのだから。

「〜〜〜〜っ、先生！　もう千回くらいきいたけど、ほんっと〜にコイツでいいの⁉」

ローゼン卿をビシッと指さして、もはや何度目かしれない確認。

「円華くん……」

澄んだ瞳を瞬いて、玲が白い頬を朱に染める。

その表情だけで充分なのだけれど、娘を嫁にやる父の気持ちというか、お兄ちゃんの彼女に絶対に合格点をつけたくない妹の気持ち、とでもいうのか。

円華としては、文句をつけないではいられないのだけれど、そのたび玲の反応に撃沈させられるのだ。

これだけ幸せならいいじゃないかと、心の片隅で実は思ったりもするのだけれど、でも認めるのはやっぱり悔しい。こうなったらもう、最後の最後までダメ出ししてやる！　というのが円華の出した結論だった。

そんな状況で、話題に入れないひとりが、不愉快にならないわけがない。それでなくても、ようやく眉間の皺を消したばかりだったのだ。

「お先に失礼します」

短く言って、ユーリが席を立つ。

「……え？」

玲とローゼン卿に頭を下げて、円華に言葉もなく、背を向けた。

「ユーリ？」

ちょっと待って……！　と、少し前まで繰り返していたやりとりを、またもループさせながら、円華はユーリを追う。

食べかけのスイーツもほっぽって、肩を怒らせて立ち去る痩身を追いかけて行く、背ばっかり大きく育った教え子の姿を、玲は深い深い長嘆とともに見送った。

「ああっ、……もうっ」

額に手をやって、そして傍らの男に、珍しくも文句を向ける。

「ふたりがくだらない言い合いしてるからっ」

だからユーリが怒ってしまったのではないかと責められて、ローゼン卿ことカイン・フレデリック・フォン・ローゼンは、「私《わたし》は無関係だ」と口をへの字に曲げた。

「カインッ」

こちらはこちらで、最愛の恋人が、いつまでも教え子に構っているのが面白《おもしろ》くない。家族のない玲にとって、西脇一家はもうひとつの家族のようなもので、円華は本当の弟のような存在だとわかっていても、それでも恋人としては面白くないのだ。

円華が、小さくて可愛らしかったころはまだよかった。

無駄に育ってしまったのがまったくもって予想外。恋人の口から褒め言葉など聞こうものなら、いかな紳士といえども面白くなくて当然だ。

「子どものお守は卒業したのではなかったのか？」

「円華くんは弟みたいなものなんです！　スウェーデンに行く前にすこしくらい——」

この春から離れ離れになるのだから、少しくらい大目に見てくれてもいいではないかと反論しようとすると、すぐさま遮られる。

「四年間、充分に妥協した。今後はなにがあろうとも私が最優先だ」

「だから——」

同列に語らないで！　と言おうと思ったのだが、玲は言葉を呑み込んだ。もう……っ、と嘆息して肩の力を抜く。

「……いつもあなたが一番じゃないですか」

いつだって自分はカインを最優先していると、今度は玲が口を尖らせる。その愛らしい反応が恋人のご機嫌を急速に上向かせた。

「……え？　ちょ……、……んんっ！」

ここはレストランです！　と諫める前に唇を塞《ふさ》がれてしまう。どうせ自分がオーナーなのだから無問題だと、ローゼン卿は公衆の面前で平然と恋人の唇を貪《むさぼ》った。いつまでも初心《うぶ》な反応を見せる玲が羞恥《しゅうち》に身悶《もだ》える表情が、彼はいっとうお気に入りだった。

そんなラヴラヴバカップルの一方で、若者たちの関係はもはや原型をとどめないほどに拗《こじ》れまくっていた。

「ユーリ、待って！　ねぇってばっ」

さっきまで美味しそうにアフタヌーンティーを食べていたのにどうしたのかと、敏《さと》い部分はひじょうに敏いくせに、鈍いところはとことん鈍い円華が必死にユーリをひきとめる。

ユーリにしてみれば、そっちこそどういうつもりなのかと言いたいところだが、円華には伝わらなかった。

やっと円華の瞳が自分だけを映しはじめたかと思ったタイミングでの玲の登場だ。そこで円華が玲より自分を優先させてくれればまだしも、相変わらずのベタベタぶりで、ユーリが不快に感じないわけがない。

玲が恋人とどれだけラヴラヴでも関係ない。

ユーリにとっては、四年前のトラウマもあって、とにかく円華が玲を気にかけるのが嫌でたまらないのだ。大好きなお兄ちゃんのようなもので……と、どれほど説明されたところで、ユーリの目にそうは映らない。

「触るな！」

ユーリが部屋に入る直前、腕をとろうとしたら、本気の拒絶に遭って円華は目を瞠る。

「……ユーリ……」

掠れた声が口中で空まわる。およそ円華らしくない反応だった。

「追いかけてくるな」

低い声が最後通牒《つうちょう》を告げて、鼻先でドアが閉められる。

「ユーリ？　ユーリ……！」

ドンドンとドアを叩《たた》いても、どれだけ呼んでも、天岩戸は開かなかった。

2

長期休暇をまったりすごしにきたはずが、どうしてこんなに神経をすり減らしていなければならないのだろう。

ユーリ・ヨアキム・ハールトマンは、周囲をうかがってラグーンプール脇に建つデリのドアを開けた。

長期滞在客の多い高級リゾートホテルにはめずらしく、このホテルにはスイーツや軽食の買えるデリがある。

その場で食べることもできるし、テイクアウトしてラグーンプール脇の東屋やビーチで食べることもできる。もちろん部屋に持ち帰ってもＯＫだ。

ルームサービスもあるし、レストランのメニューをデッキやラグーン脇の東屋に運んでもらうこともできるけれど、もっと気軽に小腹を満たしたいときもある。

長期滞在になればなるほど、レストランメニューには飽きはじめるものだ。そんなニーズに応えるデリには、ベーカリーメニューからジャンクなスナック類、ペットボトル飲料まで揃《そろ》っている。イートインメニューには、エスニック色を排除したラインナップ。ベーグルサンドにデニッシュパイ、フィッシュアンドチップス、パンケーキやガレットも。ようは、長期滞在中にエスニック料理に飽きた客が足を向ける場所だ。

店内をぐるっと見渡して、ホッと息をつき、ユーリは窓際のテーブルについた。サラダとクロックムッシュ、オリエンタルチャイをオーダーして、ペーパーバックを開く。デジタル書籍がどれほど普及しても、ユーリは本の紙の感触が好きだった。

ようやく仕事から解放された両親は、今日は一日エステとマッサージ三昧《ざんまい》と決めたらしい。ユーリも誘われたけれど断った。話し相手をする気力が湧かなかったからだ。

せっかくの休暇なのに、ひとりの存在を意識して、ホテル内を逃げまわる数日間。さすがに気疲れして、今日はひとりで過ごしたかった。円華《まどか》はエスニック料理が気に入っているようだから、この店に足を向けることはないだろう。

まさか円華と再会することになるなんて、思いもよらないことだった。全然かわっていたけれど、でもすぐにわかった。

ユーリはすぐにわかったのに、円華はユーリに気づかなかった。しかたないと思う一方で、やっぱり悔しい。

しかも、四年前の別れのことなどまるで忘れた顔で調子よく声をかけてきたりなんかして、いったいどういうつもりなのかと問いたくもなるというものだ。

「あの顔は、絶対になにも考えてない」

ひとり毒づいて、届けられたスパイシーなチャイを口に運ぶ。

無邪気で素直なのが円華の魅力だとわかっている。でも、腹が立つものは腹が立つ。そういう円華だからこそ四年前も今も自分は惹かれるのだと理解できても腹立たしいものは腹立たしい。

「……円華のバカッ」

自分が目の前にいても、大好きな家庭教師のことばかりに気にかける。あんな失礼で鈍いヤツ、ユーリはほかに知らない。

そのくせ、ユーリが無視を決め込もうとすると、遠慮なく追いかけてくるのだから始末に悪い。

もっと始末に悪いのは、それが決して嫌じゃない自分だ。

でも、また目の前で家庭教師の話をされたら、今度こそマジギレして何を言い出すかわからない自分がいて、だから顔を合わせないように今日も逃げている。

部屋にこもっていても押しかけられる。広いリゾートホテルだから逃げ場もあるものの、やはりどうにも落ちつかない。自分のことなどさっさと諦めて、泳ぎにでも行けばいいのに。――とはいえ、まるきり諦められても、それはそれでやっぱり腹が立つけれど。

「……バカみたいだ」

自分はスリランカへ行こうと言ったのに。

仕事のついでがあるからインドネシアにしようと、今回の旅行先を決めたのは両親だった。そういうことならと頷いたけれど、スリランカがいいと言い張ればよかった。そうしたら、円華と再会することもなかったのに。

本心では円華との再会を喜んでいるのだけれど、素直になれる気がしない。ずっと逃げ回るなんて無理だし、果たしてどうしたものか……。

そんなことをぐるぐると考えながら、ペーパーバッグのページが進むわけもない。結局一ページも読み進まないまま閉じてしまった。

熱々のクロックムッシュにナイフを入れるものの、こちらも半分ほど胃におさめただけで、あとは放置。サラダは飾りのトマトにしか手をつけていないありさまだ。

大きなガラス窓からラグーンプールに目をやって、そこにひとりの姿を探す自分に気づく。逃げ回っておきながら、勝手なものだと自分で自分に呆れた。

「あんなに可愛かったのに、無駄にカッコよく育っちゃって……」

四年前は、天使のように可愛らしい子だと思って、思春期に突入したばかりの少年の胸はときめいたのに、たったの四年で立場が逆転してしまうなんて。なのに、邪気のない笑みも澄んだ瞳も四年前と変わらないなんて詐欺だ。

見た目のままに中身も変わっていたなら、きっとこんな気持ちにはならなかったのに。円華が家庭教師といいちゃいちゃしていようが、いまさらどうでもよかったのに。どうして中身は可愛いままなのか。外見はあんなにカッコよくなっているのに。

「腹立つ」

またも毒づいて、温《ぬる》くなったチャイを飲み干す。ウェイターを呼んで、ハーブティーを追加オーダーしようとしたときだった。

ドアを開けて入ってきた痩身の客に、ユーリは目を留める。向こうもユーリに気づいて、いったん足を止めた。

席に案内しようとするウェイターに断って、痩身の客はユーリのテーブルに歩み寄ってくる。傍らに立つ彼に気づいていながら、ユーリは顔をあげなかった。どういう反応をしていいかわからなかったのだ。

「お邪魔しても、いいかな？」

円華の家庭教師の桐島玲《きりしまりょう》だ。タイで会ったときに、円華が薬学部の学生だと話していたのを思い出す。ローゼン卿は製薬会社の経営者でもあるから、そのあたりが出会いのきっかけだったのかもしれない。

「……どうぞ」

ぶっきらぼうに返すと、玲は「ありがとう」と向かいに腰を下ろした。

ウェイターに「ホットコーヒーを」と、ろくにメニューもみないでオーダーをして、すぐにユーリに視線を戻す。戸惑うユーリの碧眼をまっすぐに見て、そして口許に微苦笑を浮かべた。

「円華くんが部屋から出てこなくなっちゃってね」

それで、食べものを調達に来たのだと言う。このデリでは、ホテル自慢のスイーツも、テイクアウトできるのだ。

「……え？」

病気でも？　と、思わず反応したユーリに、玲は首を横に振った。

「大丈夫」

そうじゃないよ、と微笑む。

「落ち込んじゃって。『僕、嫌われるようなことしたのかな』って」

あんなに失礼なことをしておいて、よく言うよねぇ……とクスクスと笑った。

四年前の彼と、少し印象が違うような気がする。とはいえユーリは、タイ滞在中に玲と口を利いたことなどなかったけれど。

――落ち込む？

このとき、ユーリの思考を過ったのは「なんで？」だった。あれだけ振りまわしておいて？　あの程度でへこむようなキャラには思えないけれど……。

「僕、来月からスウェーデンの製薬会社で働くことになってね。日本を離れるんだ。ずっと円華くんの勉強をみてきたんだけど、それもできなくなるから、寂しいみたいで」

だから自分にべったりしているだけであって、特別な感情があるわけではないと、どうやら説明したいらしい。

「……そうですか」

玲にローゼン卿という恋人ができてからはどうだかしらないが、それ以前の円華は絶対に玲のことが好きだったに違いない。だから、円華が玲にべったりなのは、玲のスウェーデン行きをまえにして寂しいからというだけではないはずだ。

「円華くん、ひとりっ子だから、兄弟が欲しかったみたいでね」

自分も家族がないから、円華のことは本当の弟のように思っているのだと説明する。

「……えっと、それで……」

話をどこへもっていきたいのかはすでに見えている。でも上手い言葉がみつけられないのだろう、言い淀《よど》む玲の白い顔を見ていると、どうしてもイライラしてしまう。

「恋人、放っておいていいんですか？」

「……え？」

「ずいぶんと嫉妬深いようにお見受けしましたけど」

とばっちりはごめんだと、イライラのままに尖った言葉を口にした。言ってすぐに自分で自分が嫌になったけれど、もう引っ込みがつかない。

「あ……う、うん……」

白い頬を朱に染めて、玲は視線を落とした。

「愛されてるんですね」

嫌味半分、だったら円華にまでかまわないでほしい。そう言外に匂わせたつもりだった。けれど、嫌味に反応するどころか、言われた本人の意識は、すぐに別の場所に飛んでしまったようだ。

「……う……ん」

気恥ずかしげにしながらも、玲ははっきりと頷く。その反応が、意外といえば意外だった。

「すごい自信。どうしたらそんな自信がもてるんですか？」

ますます意地悪い言葉が口をついて、自分の言葉に自分が一番傷つく。言葉を向けられた当人には、愛されている自信があるのだから、この程度の言葉に傷つくわけもない。

「自信っていうか……信じてるから」

恋人の誠実さを信じていると言う。

「一見横暴に見えるかもしれないけど、根はやさしい人だから」

そう言葉を継いで、そして話題を見つけた喜びに瞳を輝かせた。しまった。追い払うつもりが墓穴を掘ったらしい。

「円華くんのこともね、本当は気に入ってるんだよ。あんな言い方してるけど、僕以上に歳の離れた弟のように可愛がってて……旅行に行くと、『ガキに土産は買わなくていいのか』なんて、言い出すのは彼のほうで」

それはそれは楽しそうに語る。ユーリが不愉快に感じていると、気付かないタイプではなさそうなのに、それ以上に訴えたいことがある様子だった。

「円華くんも、顔を見れば『本当にコイツでいいの？』なんて言うけど、カインがやさしいことはわかってて、あれはもうふたりのコミュニケーション手段のひとつというか……、兄弟喧嘩のようなものなんだ」

自分にとっての可愛い弟のような存在を、ローゼン卿も可愛がってくれているのだと言う。惚気たいだけならほかでやってほしい。

「円華くんって、感性で生きてるっていうか、純粋培養の素直ないい子で、言葉に裏表なんてないっていうか、計算なんてできる子じゃないし、そもそもそんなこと考えつきもしないし……」

そんなことは言われなくてもわかっている。

反射的にそんな言葉が出かかって、それをぐっと呑み込む。そんなユーリに、今度は予想外の言葉が寄《よ》こされた。

「だからね、本当にきみのことが、好きなんだと思う」

思わず碧眼を瞬いた。

「……え？」

頬がじわじわと熱くなってくるのがわかる。

玲はニッコリと微笑んで、そして「本人は無自覚かもしれないけどね」と言葉を継いだ。

「あの調子だから、軽く聞こえたのかもしれないけど、でもきみのこと本当に好きだと思う。でなきゃ、今あんなに落ち込んでないだろうし」

円華の姿を思い出したのか、クスクスと笑う。

「ベッドで膝抱えて、拗ねてるんだ。大型犬が尻尾《しっぽ》丸めてしゅんってしてるみたいな感じで。可哀想《かわいそう》なんだけど、ちょっと可愛くて……怒る気なくすと思うよ」

円華の部屋に行ってみる？　と誘われる。

ユーリが首を横に振ると、玲は「僕のことなら……」と言葉を探した。

「僕に懐いてるのは、本当に兄弟感覚なだけで、それ以上の感情があるわけじゃないよ」

それは自分も同じだし、きっとユーリも本当はわかっているのではないか、と問い返される。ユーリは言葉に詰まった。

玲はとてもやさしくて、円華が懐くのもわかる。とげとげしている自分が情けなくなるのに、それでもどうにも素直になれない。

「ＬＯＶＥとＬＩＫＥの違いがわかってないだけだ、って言いたいんですか？」

食ってかかると、玲は「うん」と、すんなり頷いた。こちらが拍子抜けしてしまう。

「それが一番問題——」

さらに言い募ろうとすると、今度は思いがけず強い口調で言葉が継がれた。

「きみが教えてあげて」

「……」

碧眼を瞬くユーリに、玲は言い含めるように言葉を寄こした。

「円華くんに、愛情と慕情の違いを、教えてあげて」

そのあたりがまだ円華のなかでは曖昧《あいまい》で、だから両親はもちろん、ユーリにも玲にも、さらにはカインにも、同じだけの感情をぶつけてしまう。でもその種類が違っていることを当人がちゃんと自覚していないから、受け取る側は困惑する。それがまさしく今のユーリだ。

「……」

碧眼を泳がせるユーリの言葉を、玲はじっと待っている。円華が彼を慕う理由が、少しだけわかった気がした。

「でも……」

とげとげしていた気持ちがスーッとひいて、かわりに縋《すが》りたい気持ちが湧いてくる。

自分だって、突然の再会で、可愛かったあの子はイケメンに育ってしまっていてビックリだし、なのに中身は記憶のなかの可愛い子のままで、どうしていいかわからないのに、無邪気すぎる好意を向けてきたかと思えば、ニコニコと楽しそうに別の人のことばかり話すし、じゃあ自分のことなどどうでもいいのだろうとつき離せば、すっかり落ち込んで部屋から出てこないと言われるし、いったいどうしたらいいのか。

「僕、円華にひどい態度とってしまって……」

円華は拗ねているのではなくて、怒っているのではないかと不安を口にする。玲は「まさか」とジェスチャーでそれを否定した。

「そんなことないよ。大丈夫」

テーブルの上で行き場を失《な》くしていた手を、向かいからぎゅっとされる。温かい体温が、ユーリを元気づけてくれた。

「仲直りしてくれる？」

そう訊かれて、ユーリはコクリと頷いた。

「よかった。僕、春からスウェーデンだから、円華くん置いていくの、すごく不安で……」

あのとおりの性格だから放っておけないのだと言う。

「僕だって、ずっと一緒にいられるわけじゃ……」

この休みが終われば、もう一緒にはいられないのだから、玲が期待するような関係ではいられないと返す。

わかりきっていることなのに、口にしたら急に寂しくなった。

「ずっと一緒じゃなくても、心は繋がっていられるよ」

「心……？」

世界中を飛び回るビジネスマンでもあるローゼン卿と、ずっと一緒にいられるわけではなくても、心は繋がっているという意味だろうか。

「玲……さんも、そうなんですか？」

好奇心に駆られて尋ねると、玲の白い顔が見る見る朱に染まった。

「……え？　あ……うん」

自分で言っておいて、いまさら恥ずかしくなったらしい。

「耳まで真っ赤です」

思わずクスッと笑いを零す。

「お、大人をからかわないでよっ」

必死の様子でそんなことを言われた。

「大人……ですか？」

どこが？　などと言ったら泣いてしまうのではないかと思った。けれど、実のところ彼は、きっと想像以上に心根の強い人間に違いない。

「僕はふたりより、六つも年上だよ！」

春から社会人になるのだから！　と拳を握っての力説。なんでそんなに必死なのかと首を傾げながらも、ユーリは一応頷いた。見た目は学生のようだけれど……と、胸中では思いながら。それを感じ取ったわけではないだろうが、玲が薄い肩を落とす。

「そりゃ、童顔なのは認めるけど……」

スウェーデンに行ったら、完全に子ども扱いされるのだろうなぁ……と、さらに長嘆。

世界中どこにいっても日本人は若く見られるものだ。玲に限ったことではない。それほど気にしなくてもいいと思うのだけれど。

「ユーリくんなんて、すごく大人っぽくて綺麗だし……。ストックホルムって、世界一イケメンが多い街って言われてるんでしょ？　テレビのバラエティ番組で見たけど、高校生なのに僕なんかよりずっと大人っぽい子ばかりで……」

やだなぁ……と、両手の指を組み合わせ、弄ぶ。

ようは、恋人の母国には魅力的な人間がいっぱいで、自分はそんな土地でやっていけるのだろうか不安だ、ということか？

今さっき、恋人を信じていると言ったばかりなのに……。信じていても、不安になるのはまた別の話、ということかもしれない。

たしかにローゼン卿はとても魅力的な紳士で、彼の恋人に立候補したい人間は男女問わずいくらでもいそうだ。

「玲さんは、とても魅力的ですよ」

「……また大人をからかう」

「からかってません」

心からの笑みを向ける。

「ユーリくんみたいに綺麗な子に言われてもね……」

むなしいばっかりだよ……と、玲が眉尻を下げる。こんな控えめなところをローゼン卿は愛してやまないのかもしれないとユーリは思った。

クスクスと笑い合って、それからユーリは「パンケーキ、食べませんか？」と誘う。

「ここの、美味しくて有名なんですけど、大きくて……分けて食べませんか？」

「うん、いいね」

美味しそう！　と頷く。

「二種類あって、マダガスカルチョコレートを使ったほうのが――」

たっぷりのフルーツが飾られたパンケーキもいいけれど、拘《こだわ》りのビーントゥバーチョコレートを使ったほうが有名だから、そちらにしようと決めて、ユーリがウェイターを呼ぶ。

ボリューム満点のチョコレートパンケーキと一緒に甘いものに合うインドネシア紅茶もオーダーして、届けられたスイーツの迫力にひとしきり笑い、ひとつの皿から分け合って食べた。

「じゃあ、ローゼン卿の紹介で入社するわけじゃないんですか」

「ちゃんと入社試験受けたよ。彼とは、最終面接まで会わなかった」

薬学部を卒業して、ローゼン卿が社長を務める製薬会社に研究員として就職が決まっているという玲から、歳の離れた恋人とのこの四年余りのあれこれを聞きながら、話に夢中になっているうちに、気づけばボリュームたっぷりのパンケーキの皿は空になっていた。

「でも、円華が妬《や》く気持ち、少しわかっちゃったな」

「……え？」

ユーリがニンマリとした笑みを向けると、一瞬よくわからないといった顔をした玲だったけれど、すぐに言葉の意味を理解した様子で、気恥ずかしげに視線を落とした。

「ローゼン卿が、そんなに束縛激しいなんて」

ちょっと意外です、と言うと、玲の頬がますます赤くなる。付き合ってもう四年になるというのに、この初心さ。これではローゼン卿も安心できないだろう。

「だから、それは、円華くんをからかって遊んでるだけで……その……」

口中で言葉をまごつかせながら、玲は視線を泳がせる。だが、つづくユーリの言葉に誘われるように顔をあげた。

「羨ましいです。誰かにそんなに愛されるなんて」

誰もが、それほどに愛し合える相手と出会えるわけではないのだ。まさしく運命と言える相手に出会えたなら、きっとそれだけで幸せなことだ。

「ありがとう」

ユーリの言葉に、玲は本当に嬉しそうに微笑んだ。

同性婚の許されているスウェーデンと違い、日本ではいろいろと難しいのだろう。ローゼン卿との関係を認めてもらえるだけで嬉しいと呟く。

そんな切なげな表情を見てしまったら、ユーリにはもう黙って微笑み返すことくらいしかできなかった。

勇気づけるように、テーブルの上の白い手をぎゅっと握る。さっき玲がそうしてくれたように。

そのときだった。

テーブル脇に、長身が立ったのは。

ユーリと玲、同時に視線をあげて、そしてまた同時に目を見開く。

「円華……」

「円華くん？」

ふたりの視線の先には、ついぞ見た記憶のない表情の円華が立っていた。いつも邪気のない光を宿している澄んだ瞳に笑みはなく、かたちのいい唇は引き結ばれている。

そんな表情をすると、途端に男っぽくみえるから不思議だ。いつもは子どもっぽい笑みの奥に隠されている牡《おす》の表情が垣間見える。

「先生がなかなか戻ってこないから……」

買い物に出た玲がなかなか戻ってこないから、心配になって様子を見に来たのだという。厳しい表情とは裏腹に、その声は戸惑いを孕んで掠れていた。

「……どうして？」

意味のわからぬ疑問は、ユーリに向けられたものだった。

「……え？」

なにが？　と、聞き返そうとして、ユーリは途中で言葉を呑み込む。円華の表情が、それを許さな

かったからだ。

「円華……？」

いったい何がどうしたのかと、訊きたいのはユーリのほうで、こちらこそ戸惑いを濃くするよりほかない。

だというのに円華は、ユーリの顔をじっと見て、その澄んだ瞳を眇めた。らしくない表情の奥に、苛立《いらだ》ちが見える。

「どうして先生には笑うの？」

言われたユーリは、口中で「え？」と疑問符を転がすしかない。

「僕には、笑ってくれないのに」

怒って拒絶したばかりか、玲に向けていたような素直な笑顔なんて、再会以来一度も自分には見せてくれていないのに、どうして玲には大盤振る舞いなのか。

その苦しげな視線が落ちて、テーブルの上で止まる。

玲の手を握ったままの恰好で固まっていたユーリの手を乱暴にひきはがして、また「どうして？」と呟いた。

「……来て」

ユーリの手をひいて強引に腰をあげさせる。そして、玲に断りもなく背を向けた。

「……え？　円華？」

ぐいぐいと引っ張られて、ユーリは残された玲を気にしつつも、引きずられていくよりほかない。力では、かなわないのだ。

「円華くん……!?」

どうしたの？　と、玲が心配気な声で引きとめようとする。でも、円華は振り返らない。足も止めない。

店を出るときに、玲を探しにきたのだろう、ローゼン卿とすれ違ったけれど、円華は何も言わなかった。いつもなら絶対にくってかかっているだろうに。その存在すら、まるで目に入っていないかのようだった。

「円華……？」

強い力で引きずられながら、ユーリは目の前の広い背中に眩しさを覚える。

こんなふうに感じるなんてどうかしていると思うのに……玲と話しているうちに、愛される立場の彼に感化されてしまったのだろうか。

ユーリの腕を掴む力は強くて、無言のうちに絶対に放さないと言っている。少々乱暴ではあるが、暴力的というほどでもない。

「どこへ連れて行くんだよ？　円華？」

説明くらいあってもいいのではないかと訴えるも、答えはない。

施設内をずんずんと進んで、どこへ連れていかれるのかと思いきや、辿《たど》りついた場所は客室だった。ユーリのではない。円華が宿泊している部屋だ。

他に人の気配はない。円華は両親と来ているはずだけれど……確認する前に、リビングを通過して、ベッドルームに連れ込まれていた。

円華の私物と思《おぼ》しきあれこれが、南国風の調度品で設えられた室内に、いくばくかの生活の匂いを与えている。

充電中のタブレット端末にデジタルカメラ、雑誌、ビーチで拾ったらしき貝殻がいくつか、土産なのか目についたものを買っただけなのか、雑多な雑貨類。

部屋の真ん中にたたずむしかないユーリを振り返った長身は、睨むようにこちらを見据えて、またも「どうして？」と訊いた。

「どうして、って……」

玲と仲良くなってはいけなかったのか？　最初に、一緒に…と誘ったのは自分のほうではないか。

「玲さんにいろいろ話を聞いてただけで……」

「話？　なんの？」

自分の話は聞いてくれないのに、玲の話は聞くのかと責められる。

「だって、それは……」

そもそもは円華が悪いのではないか。円華がユーリより玲を優先させようとするから、それが面白くなかっただけで、でもそれだって、玲と直接言葉を交わしたことで蟠《わだかま》りも消えて、せっかく楽しい時間をすごしていたのに。

「先生はダメだよ。悔しいけどカインのものなんだ」

だから、なんでそこで「悔しい」という言葉が出てくるのか。だからユーリは素直になれないのではないか。

「そんなに悔しいなら、本気で奪いに行けばいいだろっ」

できもしないくせに！　と、ユーリがキレる。

玲と話せたおかげで、ようやく素直になってみようかと思いはじめていたところだったのに、円華の態度がこれではそれもできない。

いったいなんなんだ！　と、肩を怒らせ踵《きびす》を返そうとすると、後ろから二の腕を摑まれた。

「痛……っ」

いつもの円華なら、すぐに手の力を抜くだろうに。いまの円華はいつもの円華ではない。ユーリの悲鳴にも動じない。

「なにす……っ、……っ！」

乱暴に引き寄せられて、リーチの長い腕にすっぽりと包まれた。

「先生と、なに話してたの？」

尋ねる口調には少年らしさが覗くのに、見おろす視線には強い光。少年が青年へと成長する過程の危うさが、濃い艶となって現れているかのようだった。

「楽しそうだった。先生となに話してたの？　僕には話せないこと？」

自分からは逃げ回ってて、口も利いてくれなくなっていたのに、どうして玲には笑いかけて、しかも自分には言えないことを話すのか。

責められて、ユーリは形のいい眉を吊《つ》り上げた。

「そうだよっ、悪いかっ」

楽しい時間をすごしていたのに邪魔して！　と、さらに詰《なじ》る。わけのわからない言いがかりで責められるいわれはないのだから、言い返したっていいはずだ。

「どうしてっ」

「どうしてもこうしてもないだろっ！」

何をどうしたいのか、明確に言葉にしろ！　と怒鳴ると、円華はぐっと押し黙ってしまう。そのくせ、澄んだ瞳でじっと見据えて、何かを訴えてくるのだから性質《たち》が悪い。

「僕のこと、大好きって言ったのに」

拗ねた声で責めるから、

「忘れられてたけど！」

厭味《いやみ》ったらしく責め返した。

「思い出したよ！」

キレ気味に返されて、

「僕はすぐにわかった！」

こっちはさらにキレる。

すると、円華は途端に眉尻を下げて、困った顔になった。

「だから、それは、ユーリが全然変わってたから……」

最初にも言われて不愉快になったのと同じセリフ。ユーリは碧眼にさらに怒りを滲ませた。

「期待されたほど背が伸びなかったのは僕のせいじゃない！　おばあさまの遺伝子だよ！」

モデルだった母に顔はよく似ているのに、期待されたほどの長身に育たなかったのは、そこに小柄で可愛らしい人だった祖母の血が混じったからだ。

それでも平均身長は上回っている。おまえが育ちすぎただけだと、頭のてっぺんをはたいてやれたらどれほどすっきりすることか。

「……え？　おばあさん？」

円華がきょとりと目を丸くする。その隙に、腕を振り払った。

「もう、放せっ」

わけがわからないから帰る！　と部屋を横切ろうとすると、今度は背中から抱き竦められた。長い腕が身体に巻きついている。

「……っ」

広い胸に背中からすっぽりと抱きしめられている。もやしっ子かと思いきや、薄い布ごしに感じる胸板は、思いがけず逞《たくま》しかった。

「いやだ。いかないでよ」

ずるいよ……と、拗ねた声が耳朶《じだ》に落とされる。

「……は？」

いったい何が？　もう本当にわけがわからない。

「やっぱり、先生みたいに可愛いほうがいいの？　僕じゃダメなの？」

「……円華？」

いったい何を言い出したのか。

本当につき合いきれない。拘束する腕を力いっぱい振り払う。それを制しようとする円華の手との攻防の途中で、ユーリはベッドに足を引っ掛けてしまった。

「……っ、痛……っ」

ベッドに倒れ込むと、慌てた円華が手を差し伸べてくる。

「ユーリ!?」

大丈夫？　と、痩身を支えてくれる腕に体重をあずけて上体を起こそうとしたら、すぐ間近に見下ろす視線とぶつかった。

薄茶の瞳はとても澄んでいて、少年の日と変わらず純粋な色だ。なのに、背を支える腕が予想外に力強いなんて反則だ。

吐息がかかる距離に、円華の整った容貌があった。

ふいに薄茶の瞳が近づいて、唇に熱が触れる。

――……え？

四年前の記憶が呼び覚まされた。あのときは、自分からした。でもあれは、子どもの嫉妬の結果のようなもので、今とは温度が全然違って感じる。

円華の瞳に込められる熱が、全然違うのだ。

「僕、昨夜、先生の部屋、覗いちゃったんだ」

「……え？」

玲の部屋を？

「先生、カインにお仕置きされちゃってた」

「……っ！」

お仕置きの意味を取り違えるほど、ユーリも子どもではない。

いったい何を約束させられていたのかまではわからないけれど、「わかったな」と何度も念押しされて、泣きながら頷かされていたというのだ。

「ユーリも、同じことしたら、全部教えてくれる？」

まるで無邪気な口調で、とんでもないことを言い出した。

「な……っ」

思わず絶句して、薄茶の瞳をまじまじと見返す。その仕種が、円華の内の何かをより刺激したらしかった。

ぐっと肩を押されて、ベッドに背中から倒される。大きな身体がのしかかってきて、ユーリは慌てた。

「バカッ、放せっ！」

「……ユーリ、細いね」

またも失礼なことを言われて、ユーリはめいっぱい膝を蹴《け》り上げる。けれど、抜群の反射神経で避けられてしまった。

さすが、美術と音楽と体育の成績だけは中学高校とずっと常にトップクラスだったと、玲が感心していただけのことはある。五教科が壊滅的でも、感性と肉体を使うことには人並み以上の能力を持っている。――なんて、感心している場合ではない。

「ちょ……、触る…なっ」

「だって、肌真っ白で、綺麗なんだもん」

玲もすべすべお肌だけど……なんて、比べられて気分がいいわけがない。

「なんだよ、それ！　覗き見して感化されただけだろっ！　玲さんのかわりに抱かれるのなんてゴメンだからな！」

あのローゼン卿のことだから、相当濃厚に玲をいたぶって愉《たの》しんでいたに違いない。本当にお仕置きだったのか、ちょっと変わったプレイを愉しんでいただけなのかは、ユーリの関知するところではない、というか、あまり知りたくない。

すると円華が、まるで思いもよらなかったという顔で瞳を瞬いた。

「抱く……？」

そして、「そっか……そうだね」などと、ひとりで勝手に合点して、頷いた。

「僕、ユーリとエッチなことしたいんだ」

そんなことを少年のような顔で言われてどう反応しろと？

「……はぁ？」

思いっきり素っ頓狂な声をあげて、ユーリは碧眼を剝いた。

冗談ではないと、のしかかる肉体の下から抜けだそうともがいて、墓穴を掘る。

「ちょ……、降りろっ！」

重い！　と、間近にある肩を叩く。

暴れたら、シャツがずり上がって、細い腰が露《あら》わになった。円華の視線が釘《くぎ》付けになる。

まじまじと見られて、ユーリの肌が朱に染まった。

「み、みる…なっ」

シャツを引き下げようと伸ばした手をとられた。

「円華！　……んんっ！」

嚙みつくように口づけられて、抗議の言葉を奪われた。

「ん……やっ、円…華……っ」

絶対に初心者マークだと思うのに、なんでこんなに手際がいいのだろう。それとも、高校時代に思いがけず女の子と遊んでいたとか？

それこそずるい……！　とユーリは歯列を割って入ってきた円華の舌に嚙みついた。正確には、嚙みつこうとして、これも避わされた。

「……そんなことしたら、血が出ちゃうよ」

危ないなぁ……と、円華が呑気に言う。この状況でよくもそんな反応ができるものだ。

「痛いようにやってるんだから、当然だろ！」

頭のネジが何本か飛んでしまったとしか思えない円華を、なんとか正気に戻そうとするも、まるで聞く耳を持たない。

「……ん、ふ……っ」

またも口づけられて、今度は喉の奥まで舐《ねぶ》られる。そして、「また噛もうとしたら、ひどいからね」と、甘ったるい甘え声で脅しを落とされた。

「な……んんっ！　円…華っ」

こちらの気も知らないで玲を紹介しようとしたかと思えば、その玲と恋人のベッドシーンに感化されて自分を抱こうとしたり、もう最低だ。

なのに、悔しいけどキスは心地好《よ》くて、抵抗の力がどんどん抜けていくのを認めざるを得ない。決して、甘く脅されたからではない。

大きな手がシャツをたくしあげて、素肌に直接触れられる。腹筋を撫で、脇腹を擽《くすぐ》って、胸を包み込む。

「や……っ」

円華の指先が胸の突起を引っ掻いて、ユーリは甘ったるい吐息を零した。すると、それに気づいた円華が、ユーリのシャツをはだけ、両手で胸を摘む。

「ここ、気持ちいいの？」

「違……っ」

ビリビリとした痛みともつかぬ感覚がそこから全身に広がって、ユーリは痩身をくねらせた。

シーツの上をずり上がろうとする細腰を掴まれ、縫いとめるように上から押さえ込まれる。

「先生も、ここをこうされて、すごく可愛い声で啼《な》いてたんだ」

熱い舌が、胸の突起を舐った。

「……っ！　バ…カっ、……あぁんっ！」

ぷっくりと立ったそこを吸われ、軽く歯を立てられて、ユーリは甘く啜《すす》り啼く。

「や……め、いや……っ」

痛い……と、頭を振ったら、親指の腹でぐりっと捏《こ》ねられた。

「いや？　ウソついちゃダメだよ、ユーリ」

こりこりしてるよ？　などと、要《い》らぬ実況中継までされて、思考が真っ赤に染まった。

「嘘《うそ》、じゃ…な……っ、ひ……っ」

真っ赤になった胸の突起に吸いつかれ、きつく吸われて、悲鳴が迸《ほとばし》る。

「や……痛…いっ、放…せっ」

そんな場所をいじるなと、やわらかな髪をひっぱって訴える。すると円華は、ユーリのウエストに手をかけた。下着ごと着ていたものを引き抜かれてしまう。

「じゃあ、こっちは？」

阻もうにも一歩遅かった。

「……っ!?　な……っ」

恥ずかしい場所を露わにされて、ユーリは慌てる。思考は半ばパニックだ。

「あ、硬くなってるよ」

先っぽが濡れてる……と、まじまじと観察され、さらには大きな手が無遠慮に欲望を握り込む。羞恥と興奮とで、全身が燃えるように熱くなるのを感じた。

「キス、気持ちよかった？」

僕も気持ちよかったよ、と唇をペロリ。そして、しっとりと合わせてくる。

もはや抵抗の気力も失ったユーリは、再度の口づけを、今度は従順に受け取った。じん…っと背筋が痺《しび》れてくる。

「あ……ぁっ」

握った欲望を刺激され、細腰が揺れる。クチュッと濡れた音が鼓膜に届いて、羞恥が倍増した。

「ぬるぬるだね」

まるで幼子のように、目に見える状況を口にする。その口を閉じさせるには、どうしたらいいのだろう。

「ねぇ、ユーリも僕の触って」

そんな言葉とともに、手をとられ、導かれる。布ごしに硬い存在を感じ、それから薄い布をかいくぐって直《じか》に熱が触れた。

「円…華？」

熱くて硬い欲望が、ドクドクと脈打っている。

無邪気さを残したいつもの円華からは想像のつかない猛々《たけだけ》しさだった。若い欲望は爆発寸前だ。

「ユーリは、いつもどうするの？」

して？　と耳元にねだられる。同時に、円華の指が動いて、ユーリ自身を刺激した。たまらない快感が湧きおこって、すぐに果ててしまいそうだ。

「ユーリも、して」

再三のおねだり。わけのわからぬままに、手のなかの欲望を握り、さする。すると、間近に熱い吐息が落ちてきた。艶を含んだそれが、ユーリの興奮を煽《あお》る。

「あ……ぁっ、……んんっ！」

「……くっ」

ふたり同時に果てて、互いの手を汚した。

荒い呼吸に白い胸を上下させ、ぐったりとベッドに沈む。もはや瞼《まぶた》を開けているのも億劫《おっくう》だった。

衣擦《きぬず》れの音がして、なにかと思えば、円華が着ているものを脱ぎ落としている。その手が伸ばされて、ユーリの乱れたシャツを剝《は》ぎとった。

「や……だっ、円…華……っ」

力のない抵抗は、反射的なものだった。

「パパとママは、クルーザーから夕焼けと星を見るって出かけたら、今晩は帰ってこないよ」

ユーリの抵抗を、親に見つかったら……と心配してのものと勘違いしたのかもしれない。だから大丈夫だよ、と言われても、もはやユーリに状況を把握する思考力は残っていなかった。

まだ明るい南国の陽《ひ》の射し込むベッドで一糸まとわぬ姿にされて、上からじっくりと観察される。

円華の指先が、敏感になったユーリの肌にそっと触れた。

「ん……っ」

ビクリと肩を揺らすと、一瞬手が引っ込む。けれどすぐに戻ってきて、今度は大胆に触れた。

胸を撫で、突起を擽り、薄い腹へと落とされる。戦慄《わなな》く腹筋を擽って、腰骨を摑む。白い太腿《ふともも》を撫で下ろした手が、膝にかけられた。

膝を割られ、大きく開かれる。

「ん……、やめ……」

吐き出したものに汚れる欲望が露わにされて、ユーリは両手で顔を覆った。

「ダメ。顔かくしちゃ」

円華の手に払われても、「いやだ」とまた顔を隠す。そうしたら「ダメって言ったのに」と、両手首をとられた。

円華が、「なにかないかな」と周囲を見渡して、そして手にしたのは、天蓋布をまとめていたリボンだった。

「や、やだ……」

何をされるのか……と、碧眼に恐怖を滲ませると、まるで舌舐めずりするかのように、円華の薄茶の瞳が細められる。

「カインはネクタイ使ってたんだけど……制服ならネクタイだったのになぁ」

まるで惚《とぼ》けているとしか思えないひとりごとを呟きながら、円華は有無を言わさず、ユーリの手首をひとまとめに括《くく》ってしまった。

「ユーリ、可愛い。先生より色っぽいよ」

「い……やっ」

ふるっと頭を振って、どうにか顔を隠そうと試みる。多少は隠せても、両手で覆うようにはいかなかった。

それに満足した様子で、円華はユーリの膝を割る。

「あ、さっきよりおっきくなってる。縛られるの、好きなんだ？」

もういっそ、耳も塞いでくれたらいいのに。

「〰〰〰っ」

せめて顔を隠そうと身を捩《よじ》ろうにも、腰をホールドされていてかなわない。

白い内腿を撫で上げる大きな手の感触。局部に辿りついたそれが、悪戯《いたずら》にユーリ自身を弄ぶ。そして、さらに大きく膝を割られたかと思ったら、敏感になって震える欲望が、熱いものに包み込まれた。

「ひ……っ！　あ……ぁっ、あんっ！」

思わず顔をあげてしまって、後悔する。ユーリの欲望が、円華の口腔《こうこう》に咥えられていた。

「や……いや……」

根本まで咥え込んで、そして先端までを弄ぶ。感じる場所を探る舌の感触がたまらない。ユーリが痩身を戦慄かせると、「そんなに気持ちいい？」と、円華が興味深そうな視線を寄こした。

「あとで僕にもしてね」

そんなとんでもないおねだりをしつつ、円華はユーリの欲望をしゃぶり、弄ぶ。それこそ、おもちゃにじゃれつく猫か犬のように無心に。

「あ……ぁっ、は……っ」

むずかるように痩身をくねらせ、ユーリは口淫《こういん》にもだえた。

両手が自由にならないだけで、これほどまでにままならないものなのか。拘束されていることで背徳感と快楽が何倍にも膨れ上がって、ユーリの脳髄《のうずい》を焼く。

「放…して、……で、る……っ」

掠れた声で懇願しても、円華は完全スルーで、己の欲望を優先させる。新しいおもちゃを得た子どものように、ユーリの欲望を弄びつづけた。

「や……ぁっ、あ……っ！」

円華の舌先に先端を抉《えぐ》られて、情欲が弾ける。迸った白濁が円華の頬を汚した。

「あ……ぁ……っ」

激しい余韻に、痩身が震える。

「すごいや、奥までドロドロ……こっちも舐めてあげなくちゃね」

強すぎる刺激からようやく解放されたと思ったら、今度は膝を折り曲げられ、双丘を割られる。

「……？　ひ……っ！」

状況を理解できないでいるうちに、後孔《こうこう》に熱い舌が触れた。

「や……だ、いや、だ……っ」

そんなことはしなくていいと、必死の抵抗で身を捩っても、円華の力にはかなわない。

「ダメだよ。ちゃんと解《ほぐ》さないと。こんな狭くちゃ、僕の入らないもん」

そう言って、ぐいっと押し開いた場所に舌を這わせてくる。充分に唾液《だえき》を注ぎ込んで、それからぐりっと指を押し込んできた。

「ひ……っ！」

悲鳴が迸る。けれど、それが情欲に濡れていては、円華をとめることなどかなわない。

「ここ、痛くないよね？　浅い場所が好き？　それとも奥のほうが感じる？」

舌と指とで後孔をいじりながら、ユーリの反応をうかがう。好奇心のままに行動する子どものようだ。

「あ……ぁっ、あ……んんっ！」

円華の指と舌に翻弄《ほんろう》されて、ユーリは甘ったるい声をあげて身悶《みもだ》えるしかない。

そんな場所を嬲《なぶ》られるのなんて、当然はじめてなのに、じくじくと疼《うず》くような快感が奥から奥から湧いてくる。

「ユーリのなか、熱くてやわらかくて、僕の指に絡みついてくるよ」

すごいね……と、感嘆を零す。そして、内腿に軽く口づけた。それだけでユーリの全身を耐えがたい痺れが突き抜ける。

「も……や、だ……」

気持ちいいのに苦しくて、ユーリはぽろぽろと涙を流して訴える。

「奥…が、……あ…ぁっ」

奥が疼いてたまらないのだ。未知の快楽が次々と湧いて、もっと強い刺激が欲しいと本能が訴えてくる。

「奥？　このへん？」

円華が、好奇心のままに、ユーリの内壁をぐりっと押し上げる。

「い……やっ、……っ!!」

内側から押し出されるように、ユーリは円華の視界のなかで射精した。白い腹に白濁が飛び散って、卑猥《ひわい》極まりない情景を曝《さら》してしまう。

「ユーリ……」

円華が、驚きと歓喜とが入り混じった声で、ユーリを呼んだ。

「すごい……なかが蠢《うごめ》いてる……」

内部の感触を確かめるように抜き差しを数度。指が引き抜かれる感触にすら、ユーリは細腰を震わせる。

白い足を抱えられ、狭間《はざま》に灼熱《しゃくねつ》が押しあてられた。

「……？　円華……？」

涙に濡れた睫毛を瞬かせ、のしかかる影を仰ぎ見る。思いがけず艶をまとった、牡の姿がそこにあった。

「いれるよ？」

いいよね？　と、返答など端《はな》から期待していないくせに訊く。ずるいやり方。

「ひ……っ！　あ……ぁっ、——……っ！」

ズッ、ズッと、押し入って、それから一気に最奥《さいおう》まで貫かれた。

「……っ、きつ……っ」

上から低い呻《うめ》きが落ちてきて、馴染《なじ》むのも待たず繋がった場所を揺すられる。

「あぁ……っ！　や……痛……っ！」

白い喉を仰《の》け反《ぞ》らせ、ユーリは嬌声《きょうせい》を迸らせた。

若い欲望に突き動かされるままに、円華は激しく突き上げ、痩身を揺さぶる。本能のままに快楽を貪って、ユーリを翻弄した。

やがて、痛みの奥から耐えがたい快楽が湧きおこって、ユーリの声に甘さが混じりはじめる。

「あ……んっ！　い……い、も……っ」

最奥を突かれ、抉られて、こんなに気持ちいいなんて、おかしいと思うのだけれど、でもすごくすごく気持ちいいのだ。

「ユーリ？　いいの？　感じる？」

円華が子どものように尋ねてくる。それにコクコクと頷いて、逞しい首にひしっと縋った。

「円…華っ、円華……っ、あぁんっ！」

もっと激しくとねだるように、下肢を腰に絡め、背に爪を立てる。

「あ……ぁっ！　――……っ！」

激しく痩身を痙攣《けいれん》させて、ユーリは情欲を迸らせた。直後、低い呻きが頭上から落とされる。

「……っ」

のしかかる体躯が震えて、最奥に叩きつけられる情欲。熱い迸りが最奥を汚す背徳感が、ユーリの思考を白く染めた。

「は……ぁっ、……んっ」

余韻に痩身を震わせて、円華の肩に額をすり寄せる。

「ユーリ……？」

意識飛んでる？　と、円華が喉の奥で笑う。「可愛い」と、額に落とされる淡いキス。

「なか、すごいね。もう一回、いい？」

甘ったれた声にねだられて、無意識にも頷いていた。

二度目は、腰を跨《また》がされ、下から穿《うが》たれた。両手首の拘束が解かれたかわりに、円華の腰の上で自身の欲望を握らされ、恥ずかしい行為を強いられた。

でも、円華の甘ったれた声で口調で、「いいよね？」とねだられると、嫌とはいえなくて、朦朧《もうろう》としはじめていた思考とあいまって、ついつい応じてしまったのだ。

熱が冷めたあとで、これほどまでに恥ずかしい思いをすることになるなんて、熱に浮かされている間は、考えもしなかったし、羞恥の度合いを予測することもできなかった。

「ユーリ、可愛い。大好きだよ」

ユーリは？　僕のこと好き？　四年前よりも好き？　と、言葉をねだられる。でも、とうの昔に、ユーリの呂律《ろれつ》はまわらなくなっていた。

とても言葉を紡げる状態ではなくなっていた。ただ求められるままに、「好き？」と訊かれれば「好き」と答え、「いい？」とねだられれば頷くだけだ。

部屋に引きずられてきたときには、まだ太陽は高い位置にあった。なのに、いつの間にか、部屋は暗くなっていた。クルーズに出た両親が戻らないのをいいことに、円華はユーリをベッドに拘束しつづけた。

若い欲望はおさまるところを知らず、底なしだった。果てても果てても、まだ奥から奥から湧いてくる。

腰だけ高く突きだした恰好で後ろから貫かれ、散々喘《あえ》がされたかと思ったら、次には対面に抱き合って、下から揺さぶられた。

ユーリを欲しいと思う本能のままに、円華は欲望を貪る。ユーリは半ば意識を飛ばしながら、甘ったるい声をあげつづけた。

はじめてだというのに、何度抱き合ったのかすら判然としないありさまだった。

ユーリが意識を取り戻したとき、部屋に差し込む月明かりの角度はずいぶんと傾いていた。青白い光に照らされて、円華にしがみつかれるような恰好で、ユーリは眠っていた。

子どもが甘えるようにユーリの胸に頬をうずめて、円華は身体を丸めるようにして、ぐっすりと寝入っていた。

大きな体軀に縋られ甘えられるのは心地好かった。

でも、その安堵《あんど》と心地好さ以上に、羞恥と戸惑いと、どうしても消しきれない憤りが勝った。

こんなきっかけで抱かれて、なのに感じまくって、恥ずかしい声をあげつづけた自分が信じられない。二度と円華の顔など見られないと思った。

ベッドを抜けだしたら、膝が笑っていたけれど、かろうじて部屋に逃げ帰ることはかなった。

でも、このままここにいたら、滞在中ずっと円華はユーリを求めてくるだろう。そしてふたりの関係はすぐに玲やローゼン卿にもバレて、自分はいたたまれない思いをするのだ。

——どうしよう……。

と、思ったときには、身体が動いていた。

ユーリにとれる行動など限られている。そのまま荷物をまとめて、スウェーデンに逃げ帰る以外に、考えつかなかった。

3

朝、目が覚めたら、腕のなかにいるはずの痩身が忽然《こつぜん》と消えていた。

「ユーリ？　ユーリ!?」

部屋中さがしまわって、ユーリの部屋にもおしかけて、いないことをたしかめて、円華《まどか》は呆然と立ち尽くした。

ユーリがいなかった。荷物もない。

一緒に旅行にきていたはずの彼の家族の姿も、ホテルから消えていた。

「円華くん？」

あのあとどうなったの？　と、心配してやってきた玲《りょう》の背後で、事態の予測がついているらしいローゼン卿はあからさまに呆れ顔だ。

「ユーリくん、今朝方急にチェックアウトしたってホテルの人に聞い――」

「僕、スウェーデンに行ってくる！」

円華は、思いついたままを口にする。

「……は？」

ユーリはスウェーデンに帰ってしまったのだ。だったら追いかけなくては。

「円華くん？」

これには、長い付き合いになる玲も、さすがにあんぐりだ。――が、今の円華の頭のなかには、ユーリのことしかなかった。

「一番早いフライトとらなくちゃ。先生、あとでメールするね！」

パパとママに言っておいて！　と、言うだけ言って駆けだす。お金とパスポートさえあれば、あとはなんとでもなる。

「う、うん……え？　ちょっと待――」

いますぐ行くの!?　と目を白黒させる玲の頭にあったのは、「ひとりで大丈夫？」という、小さな子どもを心配する親以上の不安だった。

小さなバッグひとつを手に、円華はホテルを飛び出す。

向かう先は、スウェーデンの首都ストックホルム。市内に住んでいると、四年前、タイでユーリ本人から聞いた記憶があった。

円華が嵐《あらし》のように走り去って、残された玲は呆然と立ち尽くす。その背後でカインが、「――ったく」と長嘆をついた。

「騒々しいガキだ」

図体ばかりでかくなっても、脳味噌《のうみそ》ははじめて出会った四年前とかわっていないな…と、呆れた顔で言う。

小馬鹿《こばか》にしているように聞こえるが、カインが円華を気に入っているが故の言葉だ。どうでもいい人間のことなど、カインは気にもとめない。

「ひとりで大丈夫かな」

玲は不安に駆られて呟く。そして、携帯端末を取り出して、フライトの時間を検索した。

「空港までは、間違いなく辿りつける」

その先は知らん、と言いながら、カインがフロントに連絡を入れた。車を手配してくれるつもりなのだ。

ホテルのハイヤーなら、間違いなく空港までは送り届けてくれる。けれど、円華の場合、その先が問題だ。

「空港のカウンターで、ストックホルム行きと言って、間違われることはまずないだろう」

カウンターで行き先を言えば、まず問題なく飛行機には乗れるはず。インターネットなどでチケットを買う方がよほど間違いやすいだろうと、カインが言う。

「そうなんですけど……」

そのとおりなのだけれど、そうした常識で語れないのが、円華の円華たるところなのだ。長い付き合いになる玲にはよくわかっている。

「あんなに大慌てでいかなくても……」

どのみち、電車とは違うのだから、飛行機など一便乗り遅れたら、どんなに早くても数時間は間が空く。ちゃんと調べてからのほうが、結局はロスが少ない。

「なにをしでかしたのか、予想はつくが……ったく」

しょうのないやつだと呆れた口調で言って、「ほうっておけ」とカインが玲の肩を抱く。

せっかくの休暇だというのに、朝早くに起こされてはたまらない。しかも、他人の色恋沙汰など、カインにとってはどうでもいいものだ。

「ストックホルムについて、ハールトマン家と言えば、よほど外れのタクシー運転手にあたらない限り、間違いなく辿りつける」

心配はいらないから、いいかげん子どもたちのことなど忘れろと、男が不服を見せる。だが、カインのそんな表情程度に、玲は怯《ひる》まない。

「……え？　ユーリくんのおうちって、そんなに有名なんですか？」

カインと同じく、元貴族の家柄とか？　と尋ねると、「いや」と首を横に振られた。

「北欧デザインで有名なデザイナーと元パリコレモデルの夫妻だ。彼は母親似のようだな」

雑貨やテキスタイルなどを中心に、北欧デザインで知られるブランドを展開させる会社の経営者でありデザイナーでもあるのがユーリの父親で、美貌で知られる母親は元モデルの経歴をいかして、モデルエージェンシーを経営しているという。ストックホルムでは有名なセレブ夫妻だと聞いて、玲は妙に納得した。

「……そうだったんですか……」

どうりで綺麗な子だと思いました、と玲が長い睫毛を瞬く。四年前、タイで出会ったときも、こんなに綺麗な子がいるのかと思ったけれど、成長した彼はさらに目を奪われる美貌の主になっていた。

円華が夢中になるのもわかる。

「仲直りできるといいけど……」

自分がふたりの喧嘩の最大の要因になっているなどと思いもよらない玲は、純粋にふたりの身を案じていた。

「ハールトマンの子息は優秀だと聞いている。どうせ離れ離れになるぞ」

ストックホルムの一流大学の学生と、玲が苦心してようやく大学に滑り込ませることがかなった円華とでは、長い休みが終われば、どのみち日本とスウェーデンに離れ離れだ。今背を押すのは、つらい思いをさせるだけではないのかとカインが言う。

こういう、表に出にくいカインのやさしさが、玲は好きだった。

「でも、このままにするよりはいいと思うんです」

その上で、どうするかは、本人たちが決めればいいことだ。

「……何もなければいいがな」

カインのこれは、円華を案じているわけではなく、玲との時間を邪魔されたくない一心から出た言葉だった。

「……？　カイン？」

カインの腕が玲を抱き寄せる。

まだ朝……と、呟く玲の常識的な思考など、カインの構うところではない。そんなことは、この四年の間に玲もわかっていることだ。

実のところカインは、円華に寝室を覗かれていることにも気づいていた。玲は気づいていなかったようだが、あえて円華に見せつけるように行為に及んだのは、単なる悪戯心だ。それによって円華が暴走したのだとしても、カインの構うところではない。

「待……っ、……んっ」

朝食もまだだというのに、昨夜の余韻の残る肉体を抱き寄せられて、玲は燻《くす》ぶる熱に白い肌を震わせた。

カインが休みの間は、ずっとこうだ。ベッドから出してもらえない日がつづく。円華のことがなければ、今日もそうなっていたはずだった。

「次にいつ休暇がとれるかわからん。嫌とは言わせない」

「嫌だなんて……」

ただ、円華のことが気にかかるだけだ。

そうは言いながらも、恋人の腕のなかにいれば、結局は心地好さに負けて、そちらが優先になる。

数時間後、そんなふたりのもとに、円華から半泣きの電話が入ることになるのは、ある意味予測ずみの結果だった。

『先生、助けてっ！　全然違うとこに来ちゃったよぉっ！』

通話口から届く、やっぱり……な状況に、玲はカインの腕のなか、ぐったりと長嘆をつくはめに陥る。

『ストックホルム行きにのったはずなのにぃ～』

案の定というかなんというか。スウェーデンの空の玄関と言われる、ストックホルム・アーランダ空港に向かったはずが、欧州の全然違う場所にいるという。直行便がないのだからしかたないとはいえ、円華に乗り継ぎ便の利用はハードルが高かった。

「都市名すら読めんのか」

話すのはペラペラのくせに……と、カインが呆れる。

「カインっ」

どうにか助けてくださいと玲に縋られて、結局折れるのはカインのほう。

「この借りは高くつくぞ」

渋々顔でそんなことを言いながらも、可愛い恋人に安堵の表情を見せられれば、彼にはもう何も言えないのだった。


バリからストックホルムには直行便がなくて、しかたなくシンガポールで乗り継ぎ、アムステルダムを経由したままでは、合っていたはずなのだ。

だというのに、気づいたらストラスブールにいたのはどういうわけだろう。

ストラスブールは、フランスの東の端っこあたりに位置する都市だ。方角的には、ストックホルムとほぼ真逆にきてしまったことになる。

Stockholm と Strasbourg——頭の二文字しか合ってない。

でも文字数も近いし、なんとなく字面も似ている気がするし、円華としては間違えてもしかたないレベルだった。

飛行機に乗るなり爆睡してしまって、離陸にも気づかず寝ていたから、到着するまでまったく気づかなかった。

ついたときには、ストラスブールがどこの国なのかも、わからなかったほどだ。

結局、泣きつく先はひとつしかない。

『いい？　もう一回アムステルダムに戻って、そこで——』

電話に出た玲は、『本当にストラスブールなの!?』と何回も確認したあと、来た道を戻るようにとアドバイスをくれた。

が、その背後から、一緒にいるらしいカインが口を挟む。

『ストラスブールからなら、たしか直行便があったはずだ』

日に何便あったかまでは覚えていないが……と、情報をくれた恋人に、玲が珍しく食ってかかる。

『また間違えたらどうするんですかっ、同じルートを戻ったほうが——』

結構ひどいことを言っている自覚は玲にはないようで、当然電話越しにそのやりとり聞いている円華も、なんとも思ってはいなかった。

『直行便なら間違いようがないだろう』

『頭にStのつく、全然別の空港に行っちゃうかもしれません！』

悲壮な声で返されて、さすがのカインも黙る。

『……』

ようやくふたりの会話が切れて、円華は「直行便があるんだね！」と確認をとる。そして、「ありがとう先生！」と言うなり、空港内を駆けだした。

『え？　ちょっと待――』

玲が引き留めるのも聞かず、円華は通話をきり、チケットカウンターに駆け寄る。

果たして、無事にストックホルムに着けるはずもない。

紆余曲折《うよきょくせつ》の果て、円華がユーリを追いかけてストックホルムに着けたのは、丸二日遅れのこと。

空港では、カインの手配したハイヤーが円華の到着を待っていたのだけれど、とうの円華は、その連絡のメールを確認するより早く、タクシーに乗ってしまった。

「ストックホルムだ！」と、喜んだところで、ユーリの自宅の住所を知らないことに気づく。

だが幸いなことに、ユーリの両親は有名人だった。

父親は土地の名士で、母は元有名モデル。ひとも羨むセレブ夫妻は、雑誌やテレビにもたびたび登場して、市民に顔を知られていた。

「ハールトマンさんのお宅にいきたいんですけど」

まさかわかるわけがないと、さすがの円華も思いながらも、それでも万が一にかけて……くらいのつもりだったのに、それだけでタクシーの運転手に通じてしまってビックリ仰天！

「デザイナーのハールトマンだろう？　もちろんわかるよ」

スウェーデンの公用語はスウェーデン語だが、英語も通じる。だがタクシードライバーは簡単な英語しか話せないようで、円華の希望は汲み取ってくれるものの、明確な会話は不可能だった。

それでも、言葉など通じなくても、旅行客を歓迎する気持ちさえあれば意思の疎通は可能だとでも言わんばかりに陽気で話好きな運転手は、円華がスウェーデン語を理解していないことなどまるで気にする様子もなく、有名人について知りえる限りのことを話して聞かせてくれた。

残念ながら、そのほとんどを円華は理解できなかったけれど、とにかく運転手が大興奮するくらいに、ハールトマンさんはすごいらしいということだけはわかった。

「へぇ、お兄ちゃん、日本人なのかい？　日本でも、北欧デザインは有名だろう？」

五教科が壊滅的だった円華でも、英語と共通のJapanとDesignなら理解できる。

「デザイン？　スウェーデンの？」

ママが、派手な柄のティーセットとかテーブルクロスとか、買ってたっけ……と、自宅でのティータイムを思い出す。母はその日の気分でティーセットやカトラリーを選ぶから、西脇家には食器が売るほどあるのだ。

「ハールトマンさんは、北欧デザインで世界的に有名な会社の社長でデザイナーだよ。奥さんは元モデルで、これがもうえらい美人なんだ。息子さんがいるんだけど、お母さん似のハンサムでさ。しかも学校一の秀才だっていう話だよ。すごいだろう？」

いったいどこで仕入れた情報なのか、運転手はまるで自分のことのように自慢げに話す。

「あのブランドが好きなのかい？　じゃあ、会社も見ていくといいよ？　途中で一本向こうのとおりに入るだけだから。立派なビルだよ～。社長が一代で築いたんだとさ」

のべつまくなしに喋《しゃべ》りながら、円華の返答も聞かずハンドルを切る。とはいえ、円華は道を知らないから、運転手の意図などわからない。

洒落たデザインのビルの前に来て、運転手はスピードを落とした。

「ここだよ。どうだい？」

何かを訊かれていることはわかったものの、答えようがない。円華はただ、運転手が紹介したいらしき建物を仰ぎ見るばかりだ。

「ねぇ、オジサン、僕観光にきたんじゃないんだ。ハールトマンさんのおうちに行って！」

身を乗り出すと、円華が喜んでいると思ったのか、運転手は愉快そうに笑った。そして、「お屋敷はもうすぐさ」と、アクセルを踏み込む。

やや して通りの左側に、立派な門が現れた。その向こうに館《やかた》に通じるスロープと青々とした芝生が見える。

「ほら、ついたよ。ここがハールトマンさんのお屋敷だ」

門の真ん前で、運転手は車を停《と》めた。

「……ここ？」

すごい……と、円華は門扉にとりついてお屋敷を見上げる。

「……シンデレラ城だぁ……」

そこにあったのは、「家」ではなく、まさしく「お城」だった。


バリから逃げるようにスウェーデンに帰国して数日、ユーリは気だるい身体を持て余し、ほとんど部屋に閉じこもっていた。

「ユーリ、ユーリ？」

パタパタと廊下を小走りに母がやってきて、部屋のドアをノックする。しかも結構けたたましく。

ユーリは驚くより怪訝に思って、身体を投げ出していたベッドから起きあがった。

直接呼びにこなくても、内線電話を鳴らせばいいのに。そうでなかったら、お手伝いの誰かに呼びにこさせればいい。なのにいったいどうしたのだろう。

広い屋敷に住んでいても、ハールトマン家は——たとえばローゼン卿のような——いわゆる元貴族の由緒正しき家柄というわけではないから、執事などはいない。ただ、客人も多くて母ひとりでは家事が追いつかないから、お手伝いは何人か雇っている。

自分のような成りあがりが貴族の真似事をするべきではないという、父の考えがあるからだ。

父は、デザイナーとして、さらには会社経営者として成功を収めたものの、世の成功者たちが犯しがちな勘違いをする人ではなかった。

そして母にもユーリにも、同様に言い聞かせた。元モデルで今はモデルエージェンシーを経営する母は、年齢相応の美しさを気にすることはあっても、セレブ気どりで遊び歩くような人ではないし、ユーリも幼いころから公立学校育ちで、いわゆる上流階級と呼ばれる子息令嬢との交流もない。

そんなハールトマン家には、いつもゆったりとした時間が流れていて、ユーリは気取らない両親が大好きだけれど、さすがは現役デザイナーと元モデルというべきか、ときにその好奇心の強さが、常識的な感覚の持ち主である息子には無遠慮に感じられることもある。

「早く早く！　ちょっときて！」

騒々しいよ、と部屋のドアを開けると、母に手をとられた。

「ママ？　いったいなに……」

説明もなく引きずられて、ここ数日を鬱々と過ごしていたユーリは、少々不機嫌気味に返した。いまはまだ放っておいてほしかったのだ。

「いいから！」

「なにを慌てて……、ママ？」

用件を言えばいいのに。理由もなく「早く」と言われても、こちらは不愉快になるだけだ。けれど、半ば強引にリビングに引きずられて、ユーリはその理由を理解する。

「円華……」

どうして……と、目を見開く。その視線の先で、円華がパァァ…ッと表情を綻ばせた。

「ユーリ！」

やっと会えた！　と大きな身体が飛びついてくる。

「な……っ！　ちょ……っ」

リーチの長い腕に捕まって、ぎゅうぎゅうと抱きしめられた。ユーリのやわらかな金髪に、円華が頬ずりをする。

「バリから大冒険をして、ユーリを追いかけてきたんですって！」

母がユーリとまったく同じ色味の碧眼を輝かせる。

「若さとは素晴らしいねぇ」

父がほくほくと応じた。

そのやりとりを聞いて、両親に円華との関係がバレていることを感じ取る。

「な、なんで……っ」

焦る息子を横目に、実は円華の両親を笑えないくらいに浮世離れしたハールトマン夫妻は、なんとも楽しげだ。

「四年前のタイで会ったんだって？　パパもママも知らなかったよ」

「もうっ、言ってくれたら、旅行先は日本にしたのにっ」

事業に関しては確固とした信念を持っている人なのに、どうして仕事を離れるとこうなるのか、ユーリは幼いころから不思議でならなかった。そんな両親を見て育ったら、自分ひとりくらいは常識的にならざるをえなかった。両親にまるっきり感化されて育った円華とは正反対だ。

「そんなんじゃ……、ちょ…と、円華っ！」

苦しい！　と広い背を叩いても、円華は怯まない。

「急に帰っちゃうから、ビックリしたよ。すぐに追いかけたけど、どうしてかストラスブールに行っちゃうし、直行便にのったはずなのに、また違うところについちゃったりして、大変だったんだ」

すごく時間がかかちゃった！　と、あかるく言う。

そんな大変なことになるのは円華くらいのもので普通はありえないと半ば呆れながら、ユーリは円華の冒険譚《たん》の切れ端を聞いた。

そんな大変な思いまでして自分を追いかけてきたのだと思えば、微笑ましくもあるけれど、今はそれ以上に、期待に満ちた両親の目が痛かった。

「円華くんて言うのですって？」

「ちゃんと紹介してくれないか？」

バリから急な帰国を決めた息子の行動を訝《いぶか》って、さらには帰国後部屋に閉じこもってしまった奇行をどう受け取っていいものかと頭を悩ませていたらしい両親は、ようやく解決の糸口を見つけたとばかりに興味津々の様子だ。

ふたりでウキウキと見ている暇があったら、このでっかい子どもをひき剝がしてくれればいいのに。

円華の抱擁はぎゅうぎゅうと強まるばかりで、ユーリが背を叩いても、放せと怒鳴っても、ゆるまない。

「円華っ！　わかったから！　放して……っ」

「……」

ドンッ！　と一際強く背を叩いたら、「うっ」と小さく呻いたものの、それだけ。

「円華？」

やりすぎたか？　と心配になって呼んだら、拗ねきった声が返された。

「……やだ」

「……は？」

思わず碧眼を瞬いて、押しつけられた胸から顔をあげる。

「やだ。放したら、ユーリまたどっか行っちゃう」

「……」

今度はユーリが黙す番だ。

やっと追いついたのに……と、言われて、だからそれは、おまえが特別なのだと、ユーリはユーリで半ばキレかかったが、言っても無駄だと口する寸前で飲み込んだ。

玲の長年の苦労が知れる。もしかしたら今回も、多大な迷惑をかけたのかもしれない。もしかしたらローゼン卿にも……。

——……。

胸中で長嘆。ありうる。あとで確認のメールを入れておかなくては……いやいや、今大事なのはそんなことではない。

つい現実逃避しかかった思考を渾身《こんしん》の力で引き戻して、ユーリは今一度広い背を叩いた。

「円華、放せ」

苦しい！　と訴えると、ようやく少し拘束がゆるむ。でも、腕の囲いは狭く閉ざされたままだ。

「ユーリ、怒ってる？」

「……え？」

問う声がくぐもっているのは、円華がユーリの髪に顔を埋《うず》めているからだ。さっきからくすぐったくてしかたない。

「だって、起きたらいなかったから」

ユーリを腕に抱いてぬくぬくと眠っていたはずだったのに、気づけばユーリの姿はどこにもなくて、ホテルどころかバリにもいなくて、スウェーデンに帰ってしまったとわかったときは、すごくすごくショックだったと訴える。

それを言うなら、こっちのほうが何倍もショックだったとユーリは思ったのだが、両親の手前もあって言葉を飲み込んだ。

話が妙な方向へ流れたら困る。――と、思って、言いたいことを飲み込んだのに、との円華はまるで構わず、親の前でとんでもない暴露をやらかす。

「エッチなことしたの、嫌だった？」

声を潜めるような気遣いはしない。純粋培養の円華は、周囲の目など気にしないのだ。

「……っ⁉　ちょ……っ、バカッ」

何を言い出すんだとユーリが慌てても後の祭り。

見守る母が「まぁ」と碧眼を瞠って息を呑む。父は緑眼を丸めた。

「ベッドの上での嫌だは逆の意味だって、カインが前に言ってたんだ。先生はいつもそうだって。だからユーリもそうなのかと思って……」

「わー、わー、わー、バカッ！」

もういい喋るな！　と手で口を塞ぐと、円華の薄茶の瞳が見開かれた。こんなところで寝室事情を暴露されているとは知らない玲には申し訳ないが、それ以上にローゼン卿のロクでもなさのほうが腹立たしい。

上流階級の貞操観念が緩いのは歴史的にみても明らかだが、そんないらない伝統まで受け継いでくれなくていいのに……！

「へ、部屋に……」

自室に逃げ込もうとすると、話に加わりたくてうずうずしている両親に阻まれた。

「お茶でも飲みながら、ゆっくり話したらどうかな？」

「お菓子もあるわよ。それともお腹すいてる？　えーっと、円華くん、だったわよね？」

邪魔しないで！　と睨んでも、引いてくれる親ではない。

しかも、この状況にあってまで、円華は「お菓子」という単語に反応した。

「お腹すいてる！」

スウェーデン名物ってなに？　と言いださんばかりの反応のよさだ。

頭にきたユーリは、憤りのままに、ガッと円華の足を踏んだ。

「痛った――いっ！」

悲鳴をあげた円華が足を抱えてしゃがみ込む。ようやく腕の拘束が解けた。

「バカッ！」

何しにスウェーデンくんだりまで来たんだ！　と怒鳴ると、円華は眦《まなじり》に涙を浮かべながら、ハッとした顔を上げる。

「プロポーズ！」

またも唐突に言って、足の痛みもなんのその、すっくと立ちあがって、ユーリに手を伸ばしてくる。

「……はぁ？」

唖然と見上げたら、逃げ損ねた。

「責任とるから！」

叫んで、ぎゅううう……っ！　と抱きしめる。円華の激しすぎる求愛に、さすがのハールトマン夫妻も目を丸くして絶句した。

「苦しい……！　痛い……！」

放せ！　と暴れる。

「責任、って……」

何を言いだしたのだと、半ばパニックになりながらも、ユーリは円華の言葉に胸が早鐘を打つのを感じた。

情けない。くだらない。

こんなに恥ずかしい思いをさせられているのに、嬉しいなんて。本当に自分はどうかしている。

可愛く訊かれても、図体がでかいばかりに、甘い脅しにしか聞こえない。

「だめ？」

「ユーリがお嫁にくるのが嫌なら、僕がお婿にいくから！」

それでもダメ？　と顔を覗き込んでくる。

「なんで僕が花嫁って決まってるんだ！」

一番の不服をぶつけると、円華はきょとり……と首を傾げた。そんな仕種は、四年前と変わらず愛らしい。

「……？　だって、ユーリのほうがちっさくて可愛い――」

「小さい言うな！」

おまえが育ちすぎただけだと何度言ったらわかる！

すると円華が、ユーリから視線を外して言った。

「僕ね、わかったんだ」

「……は？」

何が？　と、ユーリも円華の視線を追った。

「四年前から、僕はユーリをお嫁さんにしたかったんだ。なのにユーリが僕を女の子扱いするから、それが嫌だったんだ」

だから怒って拒絶して、それっきりになってしまったのだと過去を振り返る。

そう言う円華の視線の先には、キャビネットの上に飾られた写真立ての数々。そこには、ハールトマン家の家族写真が、年代を追ってさまざまおさめられている。そのなかの一枚に、タイで写したものがあった。

だったら今、円華が自分を小さいとか可愛いとかお嫁さんにするとか言っているのはなんなのだとユーリは言いたい。

自分がされて嫌だったことを、ひとにはするのか？

円華のことだから、何も考えてなくて、本能のままに行動しているだけだろうし、言葉には裏も表もないとわかっているけれど、ユーリだって面白くない。

でも、何より面白くないのは、お嫁さんになっちゃってもいいかな……なんて、思ってしまっている自分だ。四年前のタイではたしかに、可愛い円華にいろんなことをしたいと、少年なりの欲望を抱いていたはずなのに、今は逆だなんて……。

「ねぇ、だめ？」

「……え？　いや……」

甘え声で訊かれて、つい返す声が弱くなる。その隙の狙《ねら》い方を、本能で知っているとしか思えない。円華のおねだりがエスカレートする。

「僕が嫌い？」

「……それ、は……」

嫌いだったら、こんなに困りはしないと、どうしてわからないのだろう。

「嫌いじゃなかったら、うんって言って！」

その訊き方はずるい。

ムッと唇を引き結ぶと、円華の瞳から余裕が消えた。

「嫌いなの？　僕のこと。嫌いじゃないよね？　ね？」

必死の懇願。

その瞳に魅入《みい》られる。

声が近いなっと思ったら、口づけられていた。

「……!?　……んんっ！」

両親の前なのに、円華に遠慮はない。

「ちょ……やめ……っ」

必死に逃れようとしたら、細腰を引き寄せられ、自由を奪われた腕は半ば強引に首に回すように促された。

後頭部を支えられ、情熱的に口腔の奥まで貪られる。

ユーリの身体からすっかり力が抜けおちてようやく、円華は口づけを解いた。

初心者マークがとれてないくせに、どうしてこういうことばっかり長《た》けているのか。求める本能のままに動くことのできる感性派のやることは、ユーリには理解不能だ。

「あ……んっ」

軽く唇を啄《ついば》まれ、あまったるい吐息が零れる。

もはや両親の目の前であることも、大きな問題ではなくなってしまった。

「なんで、こんなに育っちゃったんだ」

悔し紛れに言うと、

「ユーリは、今のほうが、ずっとずっと綺麗だよ」

四年前もアイドルみたいにカッコよかったけど…と、歯の浮くセリフもなんのその、ニッコリと邪気のない笑みの大盤振る舞いで返される。

完全にノックアウトされた気分だ。

するとそこへ、この状況を見せられてもまるで動じない、呑気極まる両親が、ようやく口を挟む隙を得たとばかりに会話に割って入ってくる。

「彼が、タイで出会った初恋の子なのね！」

まずは母が、とんでもない大暴露をやらかしてくれた。

「そうだ思い出したよ！　タイから戻ってしばらくの間、落ち込んで大変だったねぇ、ママ」

次いで父が、言わなくてもいい余計なことを言ってくれる。

「初恋は実らないものよ、ってアドバイスしたのよ、私」

「ママもかい？　実は私も同じことを言ったんだ」

たしかに、言われた記憶がある。

それぞれ別々にユーリの部屋を尋ねてきて、失恋は人間を成長させてくれると、一緒に泣いてくれたのだ。世界一の両親だと感激したあのときの自分をなかったことにしたいと、四年もたって反省させられることになろうとは……！

「でも、実る初恋もあるのね！」

「いやいや、この場合は、セカンドラヴってやつじゃないか？」

「まぁ、ロマンチック！」

なにがロマンチックだ……！　と、キレそうになっている息子などまるで放置で、両親はウキウキと実に楽しそう。

そして、円華に視線を向けて、「お婿にきなさいよ」と言った。

おい、こら、ちょっと待て、とユーリは胸中でやさぐれる。親ならもっと、ほかに言うことはないのか。

「スウェーデンは同性婚が許されているんだよ。日本より住みやすいはずだ」

その言葉に、円華が目を見開く。

「そうだ！　先生も言ってた！　だからスウェーデンに行くんだ、って！」

カインが真っ赤な薔薇の花束を手に玲にプロポーズをしたときの話を、恥ずかしがる玲を尻目に、ローゼン卿が自慢げに円華に話して聞かせたのだという。

「じゃあ、僕も、ユーリと結婚できるんだ！」

やったぁ！　と、本人の返事を訊きもしないで快哉《かいさい》をあげる。

もはや突っ込む言葉も見つけられないまま、唖然呆然とユーリは円華を見上げた。

「パパさん、ママさん、僕、お婿にきますね！」

なにを勝手な……！　と言えない自分が悔しい。

「もちろんだとも！」

いいですか？　と訊かれて、大きく頷く父も父だし、

「今日？　明日？　式はいつ挙げるの？」

大学を卒業するまでなんて待てないわ……！　と、ありえない質問を返す母も母だ。

「な……な……っ」

口をパクパクとさせながら、ユーリは長い睫毛が風を起こしそうなほどに忙《せわ》しなく、碧眼を瞬いた。

すると、円華の尻ポケットで携帯端末が着信音を鳴らした。

この状況でメールの確認をするのか？　とユーリが口を尖らせる。それに構わずメールに目を通した円華は、端末をしまうと、ニッコリと、しかしどこか艶めいた笑みを寄こした。

なんだか嫌な予感……と、背筋をひやりとしたものが伝ったのは、ユーリの本能の訴えだったのかもしれない。

「ひとまず、蜜月《みつげつ》を愉しんできます」

日本の春休みは欧州ほどに長くないから、せっかくの時間を無駄にしたくないと言う。なぜそんな頭がまわるのかと思ったら、原因はさきほどのメールだった。

「一番いいホテルのスイートルーム、プレゼントしてもらったよ！」

ローゼン卿が――玲に頼まれたからだろうが――ふたりのために、ストックホルム一の高級ホテルのいっとういい客室を用意してくれたというのだ。

蜜月などという難しい単語を、円華が知るはずもない。きっと全部ローゼン卿のうけうりだ。玲を挟んで仲が悪いくせに、どうしてこういうときばかり結託するのだろう。

「蜜月？」

スイートルームで愉しむ蜜月の意味するところなど、ひとつしかない。

だが、ユーリの思考回路がふたつの単語を結びつけるまえに、円華の指の長い大きな手がユーリの薄い肩を抱いた。

そういえば、四年前から手は大きかったと思いだす。指も長かった。ピアノもうまかった。

肢《あし》の立派な犬猫は、愛らしい赤ん坊の姿からは想像がつかないほどに大きく育つと聞く。それに似ている気がした。

「パパさん、ママさん、行ってきます！」

「え……？　え……？」

円華がユーリを引きずって、リビングを出ていこうとする。

「ずいぶん忙《せわ》しないねぇ。もっとゆっくり話をしたかったが……まぁ、それはおいおいでいいか」

「戻りはいつになるかしら？　ご馳走《ちそう》をつくって待ってるわ」

この状況にあってもとぼけた言葉を返す父母に、ユーリはもはや何を言う気力もなく、一方で円華は「ご馳走、楽しみにしてます！」と調子いい。そして、「あとで連絡いれます！」と、父母に手を振った。

「いってらっしゃい！」

「仲良くね！」と手を振る母に、父が「仲良くなるために行くんじゃないか。喧嘩だって、多少のスパイスさ」などとウィンクを向ける。

「いやだわ、パパったら」

こんな状況で、手を振って見送ってほしくなどない。ひきとめてくれる常識がほしい。

「よかったぁ、祝福してもらえて！」

円華の無邪気もきわまるひと言に、ユーリの堪忍袋の緒が切れる。

「全然よくないだろっ！」

バカバカ、大バカッ！　と、肩を抱かれた恰好で暴れたら、「もうっ、危ないよ」と耳元に嘆息が落とされて、直後にふわり…と、身体が浮いた。

「……っ⁉　円華⁉」

お姫さま抱っこをされて、ユーリは驚いて碧眼を見開く。慌ててしがみつくと、唇でちゅっと甘い音がした。

4

さすがはローゼン卿が用意しただけのことはある。

ノーベル賞受賞者の宿としても知られるストックホルム一の高級老舗《しにせ》ホテルの、ハーバービューを誇るエグゼクティブスイートは、円華《まどか》いわくお城に住むユーリの目にも、特別豪華に映った。クラシカルな調度品が、否応《いやおう》なしに非現実感を高める。

ゆったりとしたリビングに大理石のバスルーム、天蓋布つきのベッド。バリのヴィラも素晴らしかったけれど、北方の王国の誇るホスピタリティは、また格別だ。

旧市街や王宮を眺望できるレストランは地元民にも人気のスポットで、ユーリも父母とともに幾度か使ったことがあるけれど、客室に足を踏み入れたのははじめてだった。

このホテルの創始者は知られた人物で、ローゼングループの持ち物ではなかったはずだが、フォン・ローゼンなら顔は利くに違いない。

通された部屋には、真っ赤な薔薇の花束に添えられたカード。「健闘を祈る」と日本語で書かれている。敵に塩を送るとでもいうのか、ローゼン卿の仕業だろう。

「もー、腹立つなぁ、カッコよすぎて」

自分など足元にも及ばない大人の男性への羨望《せんぼう》を垣間見せたものの、円華はすぐに興味を失くした様子で、唖然呆然と部屋を見渡すユーリの手をとる。そして、引き寄せた。

薄茶の澄んだ瞳にまっすぐに見つめられて、羞恥に頬が熱くなる。逃げたい気持ちでいっぱいだけれど、期待感もあった。

「ユーリには真っ赤な薔薇より……なにが似合うかな……そうだ！　クィーン・オブ・スウェーデンがいい！」

重なり合った花弁が美しいイングリッシュ・ローズだ。

円華がなぜ薔薇の名前など知っているのかと言えば、父が薔薇愛好家で、その世界では名の知れた育成家でもあるため。薔薇の品種改良に打ちこむあまり、以前経営していた会社を窮地に追い込んだと聞いている。

「ピンクの薔薇なんて……」

柄じゃないと、ボソリと返す。

「好きじゃない？　スウェーデンの人って、派手な花より、可憐《かれん》な草花のほうが好きなんだってね」

これも薔薇好きな父親からのうけうりだろうか。

それじゃあ何がいいかなぁ……と斜め上を見上げて考える円華の口からどんな単語が飛び出すのかと、興味津々と見上げていたら、その視線に気づいた円華が視線を寄こした。

そして、唇に軽く触れる熱。

逃げないで受けとめたら、次いで深く合わされた。やっぱりこういうことは、ふたりきりでするのがいい。

ユーリがうっとりと身体の力を抜くと、円華が大事なことを思い出した様子で、おねだりをはじめた。

「この前の約束、覚えてる？」

言いながら、ユーリの手をとってベッドルームに足を向ける。蜜月というからにはやっぱりそういうことなのか……と、ユーリは目の前のベッドと円華の言葉とに、思考をいったりきたりさせた。

「……？　約束？」

なんの？　と問うまでもなく、円華は話を進める。

「僕もしてほしかったのに、ユーリ寝ちゃうんだもん」

何かそんなに大事な約束をしていただろうか……と首を傾げたところで、思い出した。

「……、……っ!?」

カァァ……ッ！　と、肌が熱くなってくる。

——『あとで僕にもしてね』

ベッドのなかで、ユーリ自身を弄びながら、円華が言っていた言葉だ。

でもあれは円華のおねだりであって、ユーリは頷いたつもりはないから、約束とはいえない。それとも、無意識のうちに頷いていたのだろうか。

「あれ…は……」

そんな無邪気な顔で、厭らしいこととは無縁そうな甘ったれた声で、なんてことを言い出すのだ。

「でも、そのまえに僕、お風呂《ふろ》入りたいんだ」

ずっと飛行機の乗り継ぎ乗り継ぎで、まったくゆっくりできなかったのだという。

「そ、そう……」

それなら、円華がシャワーを浴びている間に心の覚悟も決められるかもしれない……と、ホッとしかかったユーリだったが、ゆったりと湯船に浸《つ》かるのが大好きな日本人である円華の心づもりは、当然違っていた。

「じゃあ、汗を流してくるといいよ。その間にルームサービスでも……」

舌をもつれさせながら早口で言うユーリの言葉など、まるで聞いていない円華だった。ユーリの二の腕をとると、ズルズルとバスルームに引きずっていく。

「……え？　ちょ……円華!?」

「一緒にお風呂に入ろう」

「……へ？」

連れられた先には、部屋なのかバスルームなのか、よくわからない光景が広がっていた。

巨大なジャグジーにシャワー、その横には身体を休めるためのソファとドレッサー。明るい陽の射し込むバスルームには、すでに湯気が充満していた。ジャグジーが泡を立てている。

「すごい！　ジャグジーだ！」

歓喜の声をあげた円華が、いきなり脱ぎはじめた。硬直したままそれを見ていたら、気づいた円華が手を伸ばしてくる。

「……え？　ちょ…と……っ」

「はい、ユーリも脱いで」

「ま、待ってっ」

トップスを剝ぎとられて、ユーリは慌てた。ユーリの白い肌には、まだ円華の残した痕《あと》が色濃く残っていたのだ。

「わ……すごい、こんなになるんだ……」

円華が、思わず…と言った様子で感嘆を零す。

「だ、誰のせいだっ」

好き勝手やりまくったのは誰だ！　と責めると、円華は澄んだ瞳をパチクリさせて、それから「好き勝手、なんてひどいや」と口を尖らせた。

「ユーリだって、あんあん感じまくってたくせに」

「な……っ」

「最初は痛いって泣いてたけど、すぐに気持ちいいって言いはじめて、もっとしてってっておねだりしたじゃん」

忘れたの？　と拗ねた口調で言われて、ユーリは真っ赤になって口をパクパクさせた。

「そ、そんな…こと……っ」

覚えてないとは言えなかった。覚えているけれど、でもそれは、この場で口にされなくてはいけないことなのか。

「忘れちゃったなら、思い出させてあげる」

ニッコリと可愛い口調で、でも恐ろしいことを言って、円華はユーリの痩身を腕に抱き込んだ。

テキパキと残りの着衣を脱ぎ捨てて、無駄のない裸身を露わにする。ユーリが目のやり場にこまっていると、大きな手が遠慮なく、ユーリからも残りの洋服を抜きとった。

最後に残った薄い布一枚も、痩身を片腕で抱き込まれた恰好で、足から抜かれてしまう。そのままシャワーの湯を頭からかぶった。

ボディソープを手にとった円華が自分の身体とユーリの身体とを、一緒に洗いはじめる。

「や……、ちょ…っとっ」

くすぐったい！　と悲鳴をあげたら、円華がクスクスと笑った。そうしたら、ユーリも楽しくなってしまって、クスッと笑いを零す。しっとりと濡れた薄茶の髪に手を伸ばして、「洗ってあげる」と深く考えずに言っていた。

円華が、少し驚いた顔で、でも嬉しそうに頷く。

たっぷりの泡で円華のやわらかな髪を洗うのは、まるで大きな犬を洗っているような感覚だった。シャンプーを洗い流したあとは、もう一度ボディソープをとって、互いの身体を洗いっこする。そうするうちに肌が熱をあげて、どちらからともなく口づけていた。

キスに興じながら、互いの身体をまさぐって、快感を高めていく。

若い肉体には、じれったさを楽しむ余裕などない。性急に、強い快楽を求めている。

ソープの泡がシャワーの湯で流れきらないうちに、円華の腕がユーリの痩身を大理石の壁に押さえ込んでいた。

背面をとられ、大きな手に双丘を割られる。円華が片膝をついて、まずは臀部《でんぶ》にキス。それから後孔をペロリと舐めた。

「あ……んっ」

求められるまま、壁に縋る恰好で腰を背後に突きだす。

「まだやわらかいね。なか、真っ赤だ」

感嘆の言葉と吐息がその場所を擽って、そして熱い舌が浅い場所を舐りはじめる。若い肉体は、数日前に知ったばかりの激しい熱をすぐに反芻《はんすう》しはじめて、ユーリは身体の芯から情欲が湧きおこるのを感じた。

身体が恥ずかしい反応を見せている。

円華の手が前にまわされて、ユーリ自身を軽く握った。

「あぁ……っ」

円華の愛撫《あいぶ》は、犬や猫がおもちゃにじゃれつくのに似ているとユーリは思う。自分の満足を優先させるから容赦がないし、飽きるまで啼かされる。円華が飽きたころには、ユーリの意識は完全に飛んでいる。

この前は、そんな感じだった。

今日もあのときのように嬲られるのだろうかと思ったら、怖いのに、ゾクゾクと身体が震える。

「や……だ、も……っ」

大きな手に嬲られる欲望の先端からはしとどに蜜があふれ、円華の指を汚すさきから、ふりそそぐシャワーの湯に洗われる。

舌先に嬲られる後孔はヒクヒクと戦慄き、奥深い場所を疼かせている。

「うしろ、気持ちよくなっちゃった？」

臀部にちゅっとキスをして、円華が腰をあげる。腰骨を掴まれ、うしろへ腰をひかれる。腰を突きだす卑猥な恰好に羞恥を感じる間もなく、狭間に熱い滾《たぎ》りが擦《こす》りつけられた。

「あ……んっ、……ひっ！」

ズッと、欲望が狭い場所を抉る。

「あ……ぁっ、……んんっ！」

グンッと最奥を突かれて、ユーリは甘ったるい声をあげた。

リーチの長い腕が胸にまわされて、ユーリをすっぽりと包みこむ。煽るように腰を揺すられ、感じる場所を擦り上げられ、胸の突起を嬲られる。

「や……ぁっ、は……っ」

深い場所を穿つ動きが、激しさを増す。

大理石の壁に縋ってゆさぶりに耐え、ユーリは無意識にも腰を揺らした。

「あ……ぁっ、円…華っ、い……っ」

細腰を震わせて、ユーリ自身が果てる。内壁の搾り上げる動きに誘われるように、円華も最奥で弾けた。熱い迸りを深い場所に感じて、ユーリは白い喉を戦慄かせ、濡れた吐息を零す。

まだ力強さを残した欲望を引き抜かれて、ユーリの膝が砕けた。シャワーの湯の降りしきるなかにくずおれて、大理石の壁にぐったりと背をあずける。

「ユーリ？　トロトロになっちゃったね」

円華の腕が伸ばされて、広い胸に引き寄せられる。

「可愛い」

つむじにキス。

抱き上げられて、ジャグジーに運ばれる。

白い泡を立てる広いバスタブに、円華の膝に抱かれた恰好でゆっくりと沈んだ。

「すごい……泡がくすぐったいや」

子どものような歓声を上げる円華の胸で、ユーリはくったりと長い睫毛を瞬かせる。

薔薇の花弁が湯に浮いているのが似合いそうなシチュエーションだというのに、円華にはきっとアヒルさん人形のほうが魅力的に映るに違いない。そんなことを考えたら可笑《おか》しくなって、ユーリは円華の胸で小さく笑った。

「どうしたの？」

何が面白いの？　と訊かれて、「なんでも」と返す。

でも笑いがおさまらなくて、ユーリは円華の肩口に額をすり寄せながら、クスクスと笑った。

それが面白くなかったのだろう、ユーリの腰を抱いていた腕が下に伝い落ちて、たったいま開かれたばかりの場所を探りはじめる。

「や……だ、円華っ」

湯のなかで悪戯をするなと手を払おうにも、片腕でやすやすと拘束されてしまった。

「ユーリが意地悪するからだよ」

そう言って、ユーリの腰を支えて自分を跨がらせ、対面で抱き合う恰好に持ち込む。

円華の可愛い顔が真っ正面にあって眺めはいいのだけれど、どうにも腰の位置が落ちつかない。円華自身はとうに力を取り戻しているのだ。

「え？　また？」

一度で済むとは思っていないけれど、この体勢で？　とユーリが目を丸くする先で、円華はニッコリとしたり顔。

「うん」

なんて、可愛く頷かれて、ユーリには「そう……」と返す以外にない。瞳を瞬いて、それ以上の言葉はないのかとしばし待ってみたけれど、なかった。

円華はいそいそとユーリの狭間を探って、そこに下から欲望をあてがう。

「ん……っ、お湯のなかじゃ……」

無理だよ……と、肩を押しても、その浮力を利用して軽く引き戻されてしまう。

「大丈夫。先生とカインもしてるって言ってたし」

それはいったいどこからの情報だ？

玲が話すはずはないだろうし……となると、ローゼン卿が？　やっぱり貴族の貞操観念はロクなものではないようだ。玲の苦労がしのばれる。

「でも……、あ……ぁっ！」

下からじわじわと埋め込まれて、ユーリは白い喉を仰け反らせ、掠れた声をあげた。

「ほら、入った！」

嬉しそうに言うその声は、数学の問題が解けた！　と喜ぶときの（それ）ときっと変わらない。なのに、ユーリを穿つ熱は猛々しく、牡の荒々しささえ感じさせるのだから困りものだ。

「や……ダ、メ……激し……っ」

力の入らない手で肩を押しやろうとしても、じゃれているようにしか見えない。

「ん？　もっと激しいほうがいいの？」

啄むように口づけながら、円華が都合のいいことを言う。そして、ユーリの腰骨を掴むと、乱暴に揺さぶった。

「違……っ、や……ぁ、あぁっ！」

強すぎる刺激に、嬌声が迸る。

「あ、すごい。なかがきゅうってなった」

ユーリ、エッチだなぁ……と、ご機嫌な猫が喉を鳴らすかのように、ユーリの喉元に鼻先をすり寄せてくる。

「一緒に……、ね？」

一緒にイこうとねだる声まで甘ったれている。なのに、有無を言わせない強引さ。

「あぁ……んんっ！」

最奥に、熱い迸り。ただでさえ熱い湯のなかで嬲られて、ユーリは完全に逆上《のぼ》せた。

「ユーリ？　大丈夫？」

じゃれるように口づけながら、円華がユーリを気遣う。

「ん……だ、め……」

ぐったりと倒れ込むと、まったく疲れをうかがわせない腕に、湯から引き上げられた。

ふたつあるベッドルームのうち、近い方へ運ばれ、逆上せた頬にひやりとした感触。なにかと思えば、良く冷えたペットボトルだった。

「白い肌が真っ赤になってるよ」

ベッドの上に一糸まとわぬ姿で横たえられ、上から観察される。

白い手が伸ばされて、胸から鎖骨のあたりに散った愛撫痕《あいぶこん》を撫でるようになぞった。くすぐったくて、身を捩る。

「隠しちゃダメ」

手首をとられ、シーツに縫いつけるようにやんわりと拘束される。

「違……う」

くすぐったいだけだと訴えると、今度は脇腹をなぞられた。

「も……やめ……っ」

じゃれるな！　と、その手を押しのける。立てつづけに求められて、もうぐったりだ。少し休みたい。

シーツに痩身を沈ませると、円華が親に遊んでとせがむ子どものように、上にのしかかってきた。思いがけずしっかりとした筋肉の重みが、心地好いけれど、でも重い。

「ユーリ」

「……重…いっ」

「まだ寝ちゃダメだよ」

「……ん？」

「だって、約束。口でしてくれる、って」

そんなこと言ってない。

「ねぇ、ユーリ」

円華のねだり声を耳に心地好く聞いているうちに、瞼が重くなってくる。

長時間のフライトを経てスウェーデンに辿りついた円華より——通常の何倍もの時間がかかったのは当人の問題だ——スウェーデンに逃げ帰って以降、部屋に閉じこもりがちだったユーリのほうが、実は寝不足だったのだ。

「ねぇってばぁ」

甘えた声が頬を擽る。

「ん……少し、やすませて……」

じゃれつく唇を拒んだら、抗議するかのように顔じゅうにキスが降ってきた。

「も……円…華っ」

これでは眠れない。

けれど、そもそも円華には、ユーリを眠らせるつもりなどなかった。

「まだ明るいよ、ユーリ」

寝るのはまだ早いと肩をゆすられても、ユーリの瞼は重くなるばかりだ。

「じゃあ、口でするのはあとでいいから」

睡魔に身を任せてしまいたいユーリと、まだまだヤりたい円華と。

このまま抱き合って眠ってしまえたら、もうこれ以上の幸福などないとユーリが充分満足している一方で、円華の若い欲望は全然まったく満足していなかった。

すっかり痩身を投げ出してしまったユーリを背中から腕に抱き込んで、片足を抱える。後ろからじわじわと挿入して、今度はゆっくりと抜き差しを繰り返した。

「あ……ぁっ、ん……っ」

半ば意識を混濁させていても、肉体は本能のままに快楽を享受する。

ゆったりとした抽挿は、ユーリには心地好かったが、円華には物足りなかった。結局ユーリの痩身をうつ伏せに組み敷いて、膝を割り、背後から再度挿入する。

「……んんっ！　あ……ぁっ！」

シーツに顔を突っ伏した恰好で、ユーリは喘いだ。

「や……だ、って……」

眠くて眠くてたまらないのに、寝させてもらえない拷問。

気持ちいいけれど、でもつらかった。

「円…華……っ」

呼ぶ声は、ねだるものではなく、やめてと懇願するものだったけれど、でも円華にとっては逆だった。

「ユーリ、気持ちいいの？　腰がうねってるよ」

厭らしい言葉を白い背中におとして、円華はユーリの細腰を激しく穿った。

「ふ……ぁっ、——……っ！」

結局、寝ているどころではなくなって、ユーリはどうにかこうにか意識を覚醒《かくせい》に向かわせる。

どうして寝させてくれないのかと文句を言おうとしたら、「うそ」と遮られる。

「無理って、言って——」

「ユーリのここ、もっと欲しいって言ってるよ」

全然無理じゃないでしょ、と言われて、ユーリはカッと頬に朱を昇らせた。

「……っ！　円華……っ」

抗議を許さないとばかりに一際深く抉られて、ユーリの情欲が弾ける。はたはたと白濁がシーツに散った。

「あ……んっ、……っ」

快楽の余韻に、ビクビクと腰が揺れる。

その刺激にまた煽られて、円華の欲望は果てるところを知らない。

試してみたいことは山ほどあるのだ。ユーリのあんな姿もこんな姿も全部見たいと、円華は好奇心をみなぎらせる。

「ねぇ、約束」

身体をひき起こされ、じゃれつくキスの合間に、またも勝手な約束を持ち出された。

一度タイミングを逃すと、睡魔は遠のいて、今度は寝たくても眠れなくなってしまうものだ。

徐々に意識が覚醒してくるにつれて、いいかげん面倒くさくなったユーリは、ついうっかり「わかったよ」と言ってしまった。円華が目を輝かせる。

「ユーリ、大好き！」

ちゅっと口づけられ、全身で喜びを表現されると、してやってもいいか……なんて気持ちになるから始末に負えない。

幸いなのは、初心者マークの円華には、ユーリが上手いか下手かの判断がつかないことだ。

意を決して、円華のそこに顔を寄せる。わかっていたけれど、円華の欲望は顔に似合わない凶暴なありさまで、ユーリは一瞬怯んだ。

やっぱり嫌だと言われるとでも思ったのか、円華の大きな手がユーリの後頭部を支えて、少々強引に導く。ユーリは覚悟を決め、とっくに頭を擡《もた》げている欲望の先端をペロリと舐めた。

逞しい欲望がビクリと震えるのを目にしたら、なんだか無性に楽しくなってきて、今度はすっぽりと根本まで咥える。

「ん……ふっ」

自分がされて気持ちよかった箇所や行為を思い出しながら、ユーリは懸命に円華自身をしゃぶった。

「ユーリ……すごい、気持ち好さそうな顔してるよ」

自分こそ満足げに荒い息をつきながら、円華がいやらしい行為に耽《ふけ》るユーリを上から観察する。

「そこ、もっと強くして。ん……それ、いい……っ」

円華のおねだりにひとつひとつ応じているうちに、ユーリ自身もまた昂《たかぶ》ってくる。

口淫に耽りながら、片手を自身に伸ばした。

角度的に円華には気づかれないだろうと思ったのに、すぐにバレて「エッチだね」と揶揄《やゆ》を落とされる。そうしたらさらに感じてしまって、ユーリは欲望に絡めていた指を後孔へと滑らせた。

その場所を自分でいじるのははじめてだった。

すでに円華が吐き出したものでドロドロになってやわらかいそこは、難なくユーリの指を咥え込んで、それどころか指なんかじゃ足りないと訴えてくる。

「ユーリ……っ」

口中の熱が、グンッと質量を上げた。

「……っ！」

思わず目を見開いて、円華を見上げる。上目遣いのそれが、円華の欲望を刺激したらしかった。

「……っ、ユーリっ」

乱暴に後頭部を摑まれ、喉の奥を抉るように揺さぶられた。

「……っ」

喉の奥に叩きつけるように、熱い飛沫《しぶき》が弾ける。

「……ふっ、く……っ」

息苦しさに噎《む》せても許されず、すべてを注がれた。ユーリはそれを懸命に嚥下《えんげ》する。

「……っ、けほ……っ」

噎せて荒い息をつき、シーツに突っ伏した。

膝を割られ、口淫に耽りながら果てた欲望と、自身でいじった後孔をじっくりと観察される。

「や……だ、見る…なっ」

身を捩って逃れようとしても許されず、今度は正面からじわじわと、見せつけるように欲望を埋め込まれた。

「ひ……っ！　あ……ぁっ！　や――……っ！」

立てつづけの行為に、とうとうユーリの肉体が限界を訴えた。睡魔に取り込まれるのではなく、意識が混濁する。

何度目か、円華に揺さぶられながら、ユーリは意識を飛ばした。

「ユーリ？　ユーリ⁉」

意識が途切れる直前、円華の少し焦った声が鼓膜に届いた。

それがなんだか妙に愉快で、ユーリは幸福に包まれて、数日ぶりに深い眠りにつくことができた。


翌朝目覚めたら、テラスにはブランチの用意がされていて、ふたりで向き合ってそれを食べ、気だるい身体を寄せ合って、ソファの上で一日を怠惰にすごす。

そんな情事あけの朝を期待していたユーリだったけれど、そんな誰にでも想像可能な朝を、迎えさせてくれないのが、円華の円華たるところだった。

有難迷惑なことに、ローゼン卿は期間を定めることなく、この豪華な部屋をリザーブしてくれたらしい。

ホテルにこもること一週間。

蜜月といえば聞こえはいいが、ようは食べて寝てヤるだけの一日をすごすには、いくらなんでも長すぎる時間だ。普通なら。

だが、好奇心のままにあれもこれも試したい円華にとっては、時間はいくらあっても足りなかった。

付き合わされるユーリはたまったものではない。

幸せだし気持ちいいし……なんて、呑気に構えていられたのは、ほんの二日程度だった。そのあとはもう、もはや拷問。

付き合いきれないと思っても、それは愛情とは別問題だ。ユーリは、たまりかねて実家に逃げ帰った。

バリから逃げたときと違って、今度の選択は間違っていなかったと、ユーリはようやくひとり寝のかなった自分のベッドで久しぶりの安眠を貪りながら考えた。

円華のことは大好きだけれど、それとこれとは話が別。

お婿になんかこなくていい。自分も嫁になんかいくもんか。日本とスウェーデンの遠距離恋愛がちょうどいい。

それが、ユーリの出した結論だった。

当然、お婿に来る気満々の円華と、意見が合うはずもない。


実家に帰らせていただきます！　と、円華が寝ている隙に姿を消してしまったユーリをおいかけてきた円華は、ハールトマン夫妻に「お邪魔します！」とあいさつをして、ユーリの部屋に一直線。鍵《かぎ》のかかった重厚なドアの前で、またも「どうして!?」を展開させた。

「ユーリ！　ユーリ？　なんで帰って来ちゃったの？　まだ一週間しかたってないよ？」

どんどんと部屋のドアを叩きながら、出てきて！　と訴える。だが、応《いら》えはない。

「ユーリ!?　どうして？　なにを怒ってるの？」

怒らせるようなことをした覚えはないのに、どうしてユーリが出て来てくれないのか、円華にはまるでわからなかった。よもや顔に似合わずエッチが激しすぎて付き合いきれないと思われているなんて、考えもしないことだ。

だから、余計なことを言って、ますますユーリを怒らせる結果になってしまった。

「ユーリ!?　顔見せてよ！　僕の何がいけなかったの!?」

そこで、余計なことは言わず、ひたすら詫びつづければよかったのだろうが、それができるならこんなくだらないことで恋人を怒らせたりはしない。

「縛ったから？　口でするの、本当はいやだったとか？　まさかね、だってユーリ、すっごくエッチな顔してたもん。じゃあ、おもちゃ？　……わかった！　回数が足りなかったからだ！」

実際にはベッドの上でブランケットをあたまからかぶって膝を抱えていたのだけれど、気持ちのうえでユーリは盛大にずっこけていた。

回数？　どの口がそんなことを言うのか⁉　と、呆れられているなんて、円華は考えもしない。

「そうでしょ？　ユーリ、もっともっとって言ってたもんね。僕、次はもっとがんばるから！　だから、ねぇ、出てきて！」

円華が半泣きで訴える。

「口を閉じろ！　こ…の大バカッ！」

堪忍袋の緒の切れたユーリは、ドア越しに「口を噤め！」と怒鳴っていた。——が、その意味を円華が理解していないと知るや、とうとう籠城《ろうじょう》を決め込んでしまう。

「えぇぇ⁉　ユーリ！　ユーリ⁉」

必死に呼んでも、もはや応えもない。

「ユーリ？　円華くんが迎えに来てくれたんだから、顔くらいだしなさい」

諫めようとする両親にも「ほうっておいて！」とドア越しにキレる始末。

「ユーリ……」

しゅうんっと肩を落とす円華を、ハールトマン夫妻がやさしく元気づけてくれた。

「大丈夫だよ、すぐに機嫌を直して出てくるさ」

「でも、ユーリ、お腹すいちゃうよ」

「お腹がすいたら、諦めて出てくるわ、きっと」

どうしても心配なら、部屋の前に置いておくから大丈夫だと円華を宥《なだ》める。

「すごくすごく怒ってた。もう出て来てくれないかも……」

落ち込む息子婿(!?)の姿に、ハールトマン夫妻は慌てた。ユーリの性格はわかっている。気が済んだら出てくるはずだ。

意地っ張りな息子より、純粋な少年を傷つけてしまったことのほうを、より深く夫妻は反省していた。

「お茶をしながら待ちましょう」

「日本の話を聞かせてくれないか。円華くんのご両親にも、ごあいさつにいかなきゃ、ね」

ふたりの言葉に生返事を返しながら、円華はじっとユーリの部屋のドアを見上げつづけた。

円華が無茶をしたのときっかり同じ期間、ユーリは自室に籠城した。

天岩戸が開いたとき、こんなに状況が変わっているなんて、ユーリは想像もしなかった。一番予想外だったのは円華自身だろうが、自身の置かれた状況のとんでもなさを、実のところ円華はほとんど理解していなかった。

ホテルに缶詰めにされた一週間あまり。

ずーっとエッチばかりしていたような気がしていたけれど、実はそうでもなかった。部屋から出ることはなかったものの、ベッドの上でゴロゴロしたり、一緒にご飯を食べたり、お風呂に浸かりながら会えなかった四年間のことを話したり。

とくに、ソファで肩を寄せ合って映画を観《み》たり、おやつを食べたりする時間が、ユーリはいっとう気に入っていた。映画は結局最後まで見られたのは一本もなかったけれど、でもじゃれあっているのは楽しかった。ユーリがスイーツを食べさせてやると円華はすごく喜んで、子どものような笑顔が可愛かった。

そんなことをひとつひとつ思い出していたら、さすがにいつまでも籠城していられなくなって、ユーリはそっと部屋のドアを開けた。

毎朝部屋のドアがノックされるから、円華がこの屋敷にとどまっていることは確認済みだ。きっと両親が引きとめているのだろう。

買い物にでも出かけただろうか。さすがに一日中屋敷のなかにいては息が詰まるだろう。せっかくスウェーデンに来たのだから、ガムラスタンと呼ばれる旧市街やストックホルム大聖堂といった観光名所に足を向けていることも考えられる。

円華が行かないと言っても、両親が連れ出しているかもしれない。

もしかすると母が、長身でスタイル抜群の円華を着飾らせたい欲望のままに、買い物に連れ歩いていることもありうる。まさしくユーリが、幼いころから母の着せ替え人形のようなものだから、実は結構笑いごとではない。

案の定、ガーデンテーブルの置かれた中庭にも姿がないし、温室にも人影はない。

屋敷が妙に静かなわりに、なんだか落ち着かない空気だなぁと感じながら、ユーリはそっとリビングのドアを開けた。

父も母もそして円華も、そこにいた。

だが、和やかにティータイムを愉しんでいるわけでもなければ、出かける準備をしているわけでもない。

父はノートパソコンを開いて、さらにテーブルを埋めつくすほどに書類を広げているし、円華はタブレット端末に向かってペンを走らせている。母はというと、ふたりにお茶を入れているだけに見えるが、円華がすわるソファの周囲に山ほどの洋服が散らかっているところをみるに、そうではないと知れた。

テキスタイルデザインから身を起こして、一代で北欧デザインの一流ブランドを育て上げた父と、元モデルの母だ。やっぱり円華を着せ替え人形にしはじめたな……と、ユーリは咄嗟に判断したのだが、事態はユーリの予想をはるかに上回っていた。

「ユーリ！」

目敏くユーリに気づいた円華が、タブレット端末を放り出して一目散に駆けてくる。

「ユーリ！　ユーリ！」

ぎゅうぎゅうとしがみついて、ユーリの金髪に頰ずりをした。

「ちょ……円華っ、苦しい……っ」

いきなりの抱擁に、羞恥もあって、大袈裟《おおげさ》に返してしまう。

「よかった！　やっと出てきてくれた！　心配したんだよ？　ご飯ちゃんと食べてた？　もう怒ってない？」

ユーリをぎゅっと抱きしめながら、円華が顔を覗き込んでくる。縋るような視線が痛い。

「怒ってたわけじゃ……」

口中で言葉をまごつかせる。

エッチが激しすぎて付き合いきれないなんて、親の前でする話じゃないし、恋人にだって憚《はばか》られる。

そもそも円華が理解してくれるとも思えない。

でも、ぎゅうぎゅうとユーリを抱きしめて全身で歓喜を表す円華をみていたら、もういいか……という気持ちになってしまった。

エッチ云々《うんぬん》の話は、またおいおい話せばいいし、この前のは勢いのままに特別激しかっただけかもしれない。

「ところで、三人で何をしてるの？」

パーティか食事にでも連れ出されるところだったのかと尋ねると、円華は「ううん」と首を横に振って、「商品開発」などと円華的に難しい単語をサラリと口にした。

「……は？」

商品開発？

いったいなんの？

ユーリが目をパチクリさせていると、パソコンに向かっていた父と、どこかへ電話をかけていた母が、ユーリを呼んだ。

「ユーリ！　こっちへ来て、見てごらん！」

素晴らしいんだよ！　と父がユーリを手招きする。

「早く！　ユーリも手伝って！」

今度は母が、息子を呼び寄せる。その手には、彼女がデザインして夫のブランドから商品化したキッチングッズや雑貨類、スカーフなどのファッション小物が握られている。

「……パパ？　ママ？」

いったいなにをはじめたのか？　疑問に思いながら、円華に肩を抱かれて部屋を横切る。

父が仕事モードに入ると、ときどき部屋がこんな状態になっていたりするけれど、今回は特別すごいことになっているように感じられた。

「パパ？　何か素敵なアイデアが浮かんだの？」

ヒット商品が生まれそうなのかと尋ねると、父は「円華くんのおかげだよ！」と、歓喜の表情で腕を広げ、ふたり同時にハグをする。

「円華くんは最高の婿養子だ！」

なにを大感激しているのか、ユーリにはわけがわからない。

「今期の収益、倍増もありうる！」

「……倍？」

ユーリが首を傾げる。

その後ろから、母が「そうだわ！」と高い声を上げた。

「あなた！　日本に直営店をだしたらどうかしら？」

日本でも父の会社の商品は百貨店などで買えるけれど、今現在直営の路面店はない。

「それはいいアイデアだ！　さっそく事業開発部のスタッフを日本に出張させよう！」

常にテンション高めの両親だけれど、今日は輪をかけて興奮気味のようだ。だからなぜこんな状況になっているのか、根本のところを説明してほしいのだけれど……。

ユーリが首を傾げていたら、円華が放り出したタブレット端末を取り上げて、「これ！　これも使っていいかい？」と、父が円華に確認をとる。円華はチラッとディスプレイをみただけで、コクリと頷いた。

これは、よくわかっていない顔だ。その証拠に、円華は母が用意したティーセットのお茶とお菓子のほうが気になる様子。

「パパ？　なんなのいったい？」

いったいなんの確認をとっているのかとユーリが父の手元を覗き込むと、「みてごらん」とタブレット端末を手渡された。

「円華くんがこんな素晴らしい才能の持ち主だなんて、ユーリは教えてくれなかったじゃないか！」

なぜ隠していたんだい？　と言われても、ユーリも知らないことは教えられない。

「これ……」

タブレット端末のディスプレイに表示されていたのは、お絵かきツールで書かれた、数々の画像データだった。

抽象的なものから写実的な風景画まで画風はさまざまだけれど、共通しているのは、そのどれもが素人レベルのクオリティではない、ということだ。

玲は、円華に五教科を教えるのが大変だったと話していた。でもそのかわり、五教科以外――つまり音楽と美術と体育の成績だけは、中学時代から常にトップだったとも話していた。

受験のために必要に迫られて五教科を必死に勉強させたものの、本当は身体を使うことや芸術的なセンスを活《い》かせる世界に行かせてあげたほうがいいのではないかと感じている、とも話していた。

父が主に注目しているのは、テキスタイルデザインに使える抽象的なイラストのようだった。テーブルに広げられている書類は何かと思ったら、目に着いた画像をカラーでプリントアウトしたもので、それをみながらパソコン上で商品展開を考えていたのだ。

一方の母は、写実的な絵にも注目して、「スカーフの柄に使えるわ！」などと、ひとりごとを呟いている。

だが、一番の目的は、円華自身をステージに立たせることのようだった。

男性モデルは一九〇センチ以上の世界だから、長身の円華ですら若干背が足りないくらいかもしれないけれど、撮影モデルならまったく問題ない。

北欧では最近日本ブームだし、ブランドの広告塔に……という魂胆が透けて見える。

「実は、円華くんの作品を観て感激して、すぐに何点かネット上で商品化したんだ。予約販売の予定数が一晩で売り切れてしまってね。今大慌てで工場のラインを調整しているんだよ」

「……うそ」

本当に？　と、ユーリは碧眼を丸めた。

だが、今話題の中心にいる円華はというと、まるで興味のない様子で、きょとんっとしている。

なんだかよくわからないけれど、ユーリの両親が喜んでくれるならまぁいいか……と、顔に書いてあった。

父母が大感激する数々の作品も、円華にとっては落書きのようなものなのだろう。どうして専門の大学を受けなかったの？　と訊いたところで、円華はますますきょとんとするだけだろう。

天才となんとかは紙一重というけれど、まさしくそんな印象だ。

ピアノも上手かった。長い指が鍵盤《けんばん》の上を流れるように舞って、楽譜も見ないで素敵な音楽を奏でてくれた。

スポーツはなんだって得意だと聞いた。もちろん泳ぎは上手かったし、タイでもバリでも、マリンスポーツは何をやってもすぐにコツを摑んでしまう。

これは両親が興奮するはずだと納得して、ユーリはタブレット端末を円華に返した。円華はティーセットの乗ったトレーから、カネルブッレというスウェーデン風のシナモンロールを取り上げて口に運びながら、ペンタブを取る。

お絵かきアプリを立ち上げて、ディスプレイにペンを走らせはじめた。

ものの五分。何を描いていたのかと思ったら、ユーリの顔。サッと一筆書き風に描かれた肖像画というよりイラストタッチの一枚は、なんともセンスのいい構図で、洒落た額に入れて飾ったら、それだけで部屋の雰囲気がぐっとよくなりそうだ。

「これは、僕がもらっていいの？」

「いいよ」

ニッコリと、なんでもないことのように言う。

「こんな落書きで、パパさんとママさんが、こんなに喜んでくれるとは思わなかった」

何よりユーリの両親の役に立てるのが嬉しいと言う。

そんな純粋極まる円華の反応を受けて、ユーリは父母に念のための確認をした。

「ちゃんと契約書、つくってくれるでしょ？　円華の権利、守ってよ！」

ユーリは、法律を学ぶ学生だ。見た目は母に似たものの、両親のような芸術的センスを持ち合わせていない自分に、幼少時には気づいていたユーリは、父母のために企業弁護を学ぼうと、法律家を志した。

けれど、恋人の権利を守る役にもたつなんて、これは予想外だ。

ユーリがしっかりと守ってやらなければ、円華の才能を誰に利用されるかしれたものではない。

「円華の絵がデザインされた商品が、世界中で売られるんだよ？」

わかってる？　と訊くと、円華は三つめのカネルブッレをほおばりながら、きょとりと首を傾げてみせた。

「あ、そうだ！」

カネルブッレを咀嚼して、円華が声を上げる。

どうかした？　とユーリが視線で尋ねると、円華の口から紡がれる、寝耳に水の報告。

「僕、スウェーデンに住むことにしたから！」

「……へ？」

春から、日本で大学生になるのではなかったか？　そのために、玲は大変な苦労をしたはずでは？　だというのに、スウェーデンに住む？　それはいったいどういう意味なのだろう？

戸惑うユーリの耳に、玲でなくても仰け反りそうになる言葉が告げられた。

「ユーリと同じ大学に行きたいんだ！」

日本のパパとママにも連絡したから大丈夫、とあっけらかん。

この場に玲《りょう》がいたら、全然大丈夫じゃないから！　と半泣きで叫んだだろうが、正直なところユーリは、玲ほどには円華の成績――もちろん五教科に限っての話だ――の壊滅度を、理解していなかった。

　ユーリがストックホルム一の大学に通っていると知ったら、その大学に円華が行きたがっていると知ったら、長年円華の家庭教師をつとめてきた玲はどんな顔をするだろう。

　自分がこれほどに唖然とさせられているのだから、玲はユーリの比ではないはずだ。

「えっと……」

思わず言葉を失って、なんて返そうかと考えてしまう。

「喜んでくれないの？」

啞然と見上げる碧眼に気づいて、円華が少し哀《かな》しそうに眉尻を下げる。まるでしゅうんっと尻尾を丸める犬のような反応を見て、ユーリは口許を綻ばせた。

「もちろん、嬉しいよ」

もうなんでもいい。円華がそうしたいのならさせてやればいいし、玲に無理ならこの先は自分が面倒をみればいい。

これほどの芸術的才能があれば、結果的にスウェーデンの大学に入れなくても、芸術家として生きていけそうだし、なにより父が手放さないだろう。念を押しておいたから、デザイナー契約の書類が週明けにも届くに違いない。

ユーリの返答を聞いて、円華がパァァ…ッと顔を綻ばせる。

「ユーリ！」

大好きだよっ！　と、ぎゅむ！　そして、額にキス。ユーリが碧眼を上げると、唇でちゅっと甘い音がした。

ソファでじゃれるふたりに気づいた父母が、微笑ましげな視線を向ける。

「これでハールトマン家も会社も安泰だ」

賢い息子が会社を守ってくれるし、才能あふれる息子婿のおかげで、ブランドがさらなる成長を遂げるのは間違いない。

先々にまで思いを巡らせる大人の都合など、円華にとってはもちろん、ユーリにとっても、ひとまず今は横に置いていい問題だった。

「ねぇ、ユーリ」

「ん？」

「エッチしよ」

可愛くねだられて、ユーリは思わず黙した。

ユーリが天岩戸に隠れていた間、おあずけを食らったぶん、たっぷりと気持ちいいことがしたいと金髪に鼻先を埋《うず》めてくる。

腰にまわされる、リーチの長い腕。引き寄せられて、ユーリは円華の膝に横抱きに引き上げられた。下から掬《すく》い取るように口づけられる。

たっぷりと貪られ、「いいよね？」と、甘い囁きが唇に直接注がれる。ねだっているかにみせてそれは、逆らいようのない甘い脅しだった。

薄茶の瞳に見据えられて、ユーリは諦めの長嘆を零す。

四年前、ひと目で恋をしたふわふわ天使のように可愛い子は、イケメンに成長した今もやっぱり可愛いままだ。

そう結論づけて、ユーリは不敵にも見える笑みをたたえた唇にキスを返す。

一方、ユーリの綺麗な顔を間近に見上げながら、世界一綺麗で賢くてでもエッチな恋人を持てた自分は世界一の幸せ者だと、円華は大満足していた。

日本に帰ったら、パパとママと玲とカインに、そう自慢するのだ。

エピローグ

スウェーデンから届いたメールに目を通して、玲《りょう》はぐったりと床にくずおれた。

「……せっかく受かったのに……」

円華《まどか》が、スウェーデンの学校に行きたいと言い出した。ユーリと一緒にキャンパスライフを送りたいのだと言う。

「しかもユーリくんと一緒のとこなんて……」

偏差値の差がありすぎる……！

それ以前にスウェーデン語はどうするのだ。

「うう……」

絶対無理、今度こそ無理、自分にはもうお手上げだ……と打ちひしがれる恋人の姿に、カインが長嘆を零した。

その眉間には、くっきりと縦皺。

カインにしても、目論見《もくろみ》がはずれていた。こんな結果を招くために、円華の恋路に協力したわけではない。

もちろん玲にお願いされたから、というのもあるが、それ以上に、円華に恋人ができれば玲に構わなくなるだろうと思ったからだ。

だというのに、恋人ができたのはいいとして、こいつまでスウェーデンに来るだと？　と、彼は胸中で子どもじみた嫉妬を膨らませていた。

円華から連絡が入ったあと、連絡を受けたらしい円華の両親からも連絡が入って、こちらはこちらであまりの呑気ぶりに、玲ですら呆れてキレかかったほどだ。

「円華がスウェーデンに行くなら、私たちも行こうかしら？」

「それはいいアイデアだねぇ」

玲ではなくてもぐったりだ。

四年前、カインに救われなければ、代々つづいた事業を潰《つぶ》してしまうところだったというのに、相変わらずののほほんぶり。資本を引き上げてやろうかと、カインがイラッとしたのは、すべて玲のためだ。

「もういい。ほうっておけ」

カインが吐き捨てる。

「でも……」

カインがご機嫌斜めで、言葉を濁したものの、実のところ玲は、少しだけ楽しい気持ちになっていた。

春からのスウェーデンでの新生活。月の半分ほどしか一緒にいられないカインとふたり暮らしになると思っていたところが、もしかするととても賑《にぎ》やかで楽しい生活になるかもしれない。

そんな期待が、玲の頬をゆるませる。

「なにがおかしい？」

「……え？　な、なにも……っ」

玲を独り占めしそこねて不満顔のカインとは対照的に、玲は円華とユーリに感謝したい気持ちでいっぱいだった。

可愛い弟が、もうひとり増えたと思えばいい。

ユーリにも兄のように慕ってもらえたら、とっても嬉しいのだけれど……。

「円華くんのデザインが、商品化されるんだそうです」

「人間、ひとつくらいは特技があるものだな」

それがどうしたと吐き捨てるカインの眉間の皺を、指先でぐいぐいと伸ばしたい気持ちにさせられる。

玲がクスクスと笑いを零すと、カインがますます不満を滲ませた。

そのアイスブルーの瞳を見上げて、玲は「おかしいんじゃありません。嬉しいんです」と返す。カインの眉間の皺がさらに深められたけれど、玲は気にしなかった。

気にせず見上げていたら、アイスブルーの瞳が近づいて、すでに馴染んだ熱が、唇に触れる。

この幸福を、弟のように可愛がってきた円華も手にできたのだと思ったら、眦に涙が滲んだ。それを、カインがキスで掬い取ってくれた。

ワガママ大王の溺愛

大学の六年間をすごした安アパートにサヨナラをして、玲《りょう》は機上の人となった。

羽田空港からスウェーデンの空の玄関、ストックホルム・アーランダ空港まで十二時間弱のフライト。ジャンボジェットのファーストクラス以上に快適な、プライベートジェットでの旅だ。

玲はエコノミークラスで充分なのだけれど、同行する人物がそれを許さない。というか、一緒にエコノミークラスに乗ると言われても困るから、玲が折れるよりほかないのだ。

玲も困るが、たぶん乗られた航空会社のほうが、きっともっと困るだろう。玲が恋した相手は、そういう人物だった。

カイン・フレデリック・フォン・ローゼンは、その血脈の高貴さを体現したかのような人物だ。スウェーデン貴族の血脈を継ぐ家柄の嫡子で、スウェーデンを代表する製薬会社の社長であり、大企業グループの、いずれは総帥職につくことになるだろう実業家でもある。

そんな雲の上のような人とたまたま偶然出会い、ちょっとした勘違いから――勘違いしたのは玲ではなくカインのほうだったが――関係を持ってしまい、ありえないプロポーズと半同棲《どうせい》生活を経て今に至る。

ふたりの四年間を玲の立場で要約するとそういうことになるのだが、カインに言わせればまたちょっと違ってくるだろう。

出会った当時、薬学部に通う大学生だった玲は、卒業後スウェーデンの世界的に有名な研究施設に就職する希望を掲げ、一方のカインは、自身がトップを務める製薬会社の研究部門に玲を引き抜く気満々で水面下で着々と準備を進めていた。

結果、どちらの希望が優先されたかといえば、後者だ。当人の希望が最優先されたわけではないあたりがポイントだ。

カインはどうしても、玲を自分の目の届く場所に置きたかった。

一方の玲は、カインの力添えで就職するのではなく、研究者として自力で結果を出し、カインの役に立てるようになりたいと望んでいた。

大富豪と称して間違いのない、甲斐性《かいしょう》のありすぎる恋人ができても、祖母の手で清貧に育てられた玲は、恋人に甘えきることを己に許せなかったし、そもそもしていいことだと思わないというか、考えもしないのが玲の玲たるところだった。

それを歯がゆく思うのもまたカインにとっては当然なのだが、玲にはそれが理解できない。ありがたいと思うものの、どうしても分不相応だという気持ちのほうが勝ってしまうのだ。

育った環境が違いすぎるのだから、価値観の違いも埋めようがない。だが、あまりに落差がありすぎると、互いに開きなおるしかなくなるもので、主に玲が折れるというか、カインに合わせるというか、見知らぬ世界を垣間《かいま》見る気持ちで、この四年間のいろいろを、カインの希望のままにすごしてきた。

そうして結局、就職先も玲が折れて、カインがトップを努める《Rosen Phama》の研究室に変更されたわけだが、ひとつだけ玲が絶対に引かなかった希望があった。社長の鶴《つる》の一声入社は絶対に嫌！というものだ。

試験があるなら試験を受けるし、教授の紹介等が必要ならそれに従う。とにかく、特別扱いはしないでほしい。そう半泣きで訴えた。ベッドの上で、自分の希望を通そうと玲をねちっこく嬲《なぶ》りつづけるカインに気絶させられても首を縦に振らなかった。

かくして玲は、教授の紹介状を手に海を渡り、ほかの学生と同じように試験と面接を受けて、見事入社試験をパスした。

特別扱いをしないという約束にカインが頷《うなず》いたとして、果たして水面下でどこまで守られたかは定かではないが、それを言いはじめたらどうしようもないことは、もはや玲にもわかっている。かたちだけでもいいのだ。カインが玲の希望を受け入れてくれたことに意味がある。

こと玲に関しては狭量になりがちなカインが、玲の希望を聞き入れただけでも充分に驚きの事態だったのだ。ベッドのなかで頑《かたく》なに首を横に振りつづけた一晩。翌日以降、軟禁されることもありえなくはないと、玲は半ば覚悟していたほどなのだから。

そもそも玲はあまり自己主張の強いタイプではないから、カインがいかにオレサマにふるまおうとも、頼もしさを覚えこそすれ、特別不満に感じることはなかった。

ずっとひとりで生きてきて、誰《だれ》に甘えることもできない生活だったから、がんばる必要はない、頼って甘えればいいと、ぐいぐいと引っ張っていくカインのあり方が、玲には心地好《よ》かった。

一方、従順かと思えば甘え下手で、けれど芯《しん》では気丈な玲を好ましく感じていたカインにしてみれば、玲が珍しく見せた強い自己主張は驚きでしかなかった。それゆえに、可能な限りかなえてやりたいと思ってくれたのかもしれない。——とはいえ、玲が押し通すことのかなった希望は、最後に残った砦《とりで》というべきひとつだけであって、それ以外は全部カインの希望が通されたわけだが。そのひとつがかなったことで、玲は充分に満足していた。

だが、いい歳《とし》をした大人の気質が、いまさら大きく変わるわけがない。就職時の一件で、カインが寛容になったと勘違いするのは、あまりにも早計といえる。

スウェーデンでの新生活の高揚感とあいまって、玲はそのあたりを、完全に履き違えてしまっていた。

玲のスウェーデンでの生活は、思いがけず賑《にぎ》やかなものになっていた。

見知らぬ土地へ嫁ぐ気持ちで、カインひとりを頼りに海を渡る予定が、想定外の事態が起きていたのだ。

大学に入学して間もないころから家庭教師としてずっと面倒《めんどう》を見ていた西脇円華《にしわきまどか》が、春休みにバリでゲットした恋人を追ってスウェーデンに移り住むと言い出したためだ。

美術、音楽、体育以外の五教科で、中学高校とずっと壊滅的な成績を収めてきた彼を大学に入れるのに、玲がどれほどの苦労をしたか……。とうの教え子は……教え子の両親も、まったく解することなく、にこやかに「スウェーデンにいくことにしたよ！」と宣言してくれた。

自分の卒論だけでも大変なところ、寝ずに考えた受験対策はいったいなんだったのだろうかと、玲の意識が遠のきかけたのは言うまでもない。

だが、受験の大変さをしみじみと痛感しているのは玲だけであって、本人もその家族ものほほんっとしたものなのだから、もはや何を言う気力もなくなってしまう。

その状況で、せっかく受かった大学への進学を取りやめてスウェーデンに移り住み、あまつさえ恋人が通う大学を受け直したいから「先生よろしくね」などと言われた立場としては、さすがにキレたくもなる。

が、「……そう」と頷くことしかできないのが玲の性質で、ついうっかり「がんばろうね」などと言ってしまったのだ。

円華が追いかけてきた相手の美青年――ユーリには、当初敵意を向けられていたはずが、気づけば懐かれていて、だったら彼が円華の勉強を見てくれればいいのだけれど、日本語がわからないから、すべてを請け負いきることができない。

そんなわけで、社会人になったはずが、大学生の時とかわらず家庭教師をつづけることになり、しかも生徒はふたりに増えている、という状況。

とはいえ、大変ではあるものの、楽しいことに違いはない。可愛《かわい》い弟のような存在がふたりに増えたのだし、日本を離れた寂しさを感じる暇もない。

週に何日かは、勉強会と称して、ふたりと顔を合わせる。仕事に慣れるのにはまだ時間がかかるけれど、だからこそ円華とユーリと過ごす時間は癒《いや》しになる。

円華の勉強をみるだけでなく、ユーリからスウェーデン語やスウェーデンでの暮らしについて学ぶこともできるから、早くスウェーデンでの暮らしに慣れたい玲にとってもメリットがある、ということに集うようになってから気づいた。

すべては、この先もカインとともにあるため。

カインが生まれ育った国のことをもっともっと知りたいし、言葉もネイティブになりたい。日常会話に困らないレベルではなく、学術的な議論が交わせるくらいに堪能《たんのう》になりたいのだ。

玲の行動の根源は、すべてカインにあるのだと、もちろんカインもわかってくれている。玲はそう思っていたし、事実そうだ。

けれど、理解しているのと、感情的に受け入れられるのとは別の話で、とりわけ独占欲が強く狭量な男が、予定外の状況を受け入れているわけもないことに、玲はもう少しだけ、はやく気づくべきだった。

そんな状況を踏まえての、ある夜の恋人たちのお話。

スウェーデンの館《やかた》での暮らしには、なかなか慣れることができない。玲はひとり暮らしがしたいと主張したのだけれど、カインに許してもらえなかった。

結果、ローゼン家でカインと同居というか同棲というか、ともかく一緒に暮らすことになったのだけれど、執事や召使、シェフや運転手までが雇われている広い屋敷での生活に馴染《なじ》めなくて、それも円華とユーリとともに過ごす時間が長くなりがちな要因でもあった。

円華が居候するハールトマン家は、たしかに豪邸ではあるけれど、ローゼンの館のような歴史的価値のはかり知れない城か博物館のような空間ではないだけ、玲にも馴染みやすい。家政婦はいても執事はいないし、触れるのも躊躇《ちゅうちょ》するような家具調度品がないだけ気持ちが楽だ。

そんなわけでこの夜も、玲の帰りは遅かった。ハールトマン家で円華とユーリと一緒に勉強と称して話しこみ、夕食をご馳走《ちそう》になって、帰途についた。

カインは仕事で遅くなると聞いていたから、連絡さえ入れておけば問題ないと思ったのだ。

広いダイニングで執事と召使に見張られるようにして食べる味気ない夕食より、ハールトマン家でワイワイと過ごす方が楽しいに決まっている。

だが、この夜玲が帰宅すると、すでにカインの姿が屋敷にあった。

「……！　遅くなりました」

予定より早かったのですね、おかえりなさい、と傍らに立つと、ジャケットを脱いだ恰好《かっこう》で窓辺に腰をあずけていたカインが、無言のまま玲を見た。そして、ボソリと呟《つぶや》く。

「……帰りが早すぎたか？」

「……？　え？」

言われた言葉が一瞬鼓膜を素通りして、それから戻ってくる。

「あの……」

それはどういう意味？　と問う前に、長身が脇《わき》をすり抜けた。体温が行き過ぎて、無意識にも落胆を覚える。

カインの腕が伸ばされることを、期待していたのだ。

力強い腕に抱き寄せられて、キス。それが、いつもの帰宅のあいさつになっている。なのに、今晩はない。

戸惑うまま立ち尽くす玲の視線の先で、カインはネクタイを乱暴に引き抜いて、ソファの背に投げる。そこにはすでに、脱ぎ捨てられたジャケットがあった。

放《ほう》っておいても召使が片付けるのだけれど、でも上質なスーツが皺《しわ》になるのを、玲は放置できない。

そっと取り上げて、クローゼットに足を向けようとすると、二の腕を摑《つか》まれる。

「そんなことはしなくていい」

「……え？　でも……」

すぐそこに片付けるだけのことで手間でもないし、こんな上質なスーツを雑に扱うなんて自分にはできかねるし……と、言葉を返す前に、きつい光を宿した碧眼《へきがん》に囚《とら》われた。

カインのアイスブルーの瞳《ひとみ》は、ともすれば冷やかに見える透明感で、玲は今でもときおり射竦《いすく》められる感覚を味わうことがある。いまがまさにそうだ。

「そんなことは誰かにやらせればいい」

「でも、これくらいなら僕が……」

日本にいたときは、カインの身のまわりのことはすべて玲がしていた。カインは玲の暮らす安アパートを気に入って、日本滞在中は入り浸りだったから、玲があれこれと世話をやくよりほかなかったのだ。

玲があれこれ構うのをカインが気に入っているのはわかっているし、自分のために玲の時間が消費されることに満足を覚えるのもわかっている。玲が常に自分のことを考えていないと我慢ならないほどの束縛に、この四年で玲も慣らされていた。

だから、自分がカインを構うことに対して否と返されて驚いた。

「そうやってまた、私《わたし》と過ごす時間を削るのか」

不服気に言われて、玲は長い睫毛《まつげ》を瞬《また》いた。

眉間《みけん》の皺も引き結ばれた唇も、睨《にら》み据えるように玲を映すアイスブルーの瞳も、威圧的ではあるが、そればかりでもない。

完全に拗《す》ねている。

予定より早くに帰宅すれば玲が喜ぶだろうと、急ぎ仕事をあげて帰宅してみれば、館に玲の姿がなくて、しかも円華とともにハールトマン家で楽しいディナーまでご馳走になったと訊《き》いて、すっかり臍《へそ》を曲げてしまったのだ。

四年も付き合ってきて、この程度で？　と、至極まっとうな言葉を返してはいけない。次は、臍を曲げる程度ではすまなくなる。

「もっとお帰りが遅いと思っていたので」

だから円華たちとすごしていたのであって、決してカインより彼らを優先させたわけではないと返す。だが、カインの反応はつれなかった。

「それは悪かった」

定時に退社できる仕事ならいいが、あいにくと自分には大きな責任があって、そうはいかないとつまらなそうな応《いら》え。

玲は、胸中では微笑《ほほえ》ましさを覚えながらも、表面上は殊勝に傍らの男を見上げた。

「ひとりで食べるご飯、味気ないんです」

日本で暮らした狭い安アパートなら、ひとりで食べるご飯も、そんなものかと思えるけれど、ローゼン家のだだっぴろいダイニングの何人座れるか数えたくもないダイニングテーブルで、ひとりで食事なんて、どんなに料理の内容が豪華であっても、いや、豪華であればあるほど、侘《わび》しいばかりだ。

「もちろん、シェフのつくってくださるお料理はどれも美味《おい》しいですし、みなさんもよくしてくださいますけど、でも……ひとりは……」

シェフの味に難癖をつけているわけではないと、言葉を足す。言い訳じみてもいけないし、かといって誤解のまま放置もできない。

いつもならこのあたりで許される。「可愛いことを言う」と相好を崩して玲を抱き寄せ、甘ったるいキスをひとつかふたつかそれ以上か。ときにはそのままベッドに直行、なんてこともありうるけれど、とにかく理不尽に責められるようなことはない。

けれど今日は違った。

「早く帰らない私が悪いというのだな」

そんなことを言って、背を向けてしまう。

「そういう意味では……っ」

拗ねているだけかと思ったのだけれど、もしかして本当に怒ってしまっているのだろうか。

でも、玲が円華に構うのは日本にいるときから変わらないし、館での生活を選んだのはカインだ。

日本では、カインの好みに合わせて玲が手料理をつくったり、常に視界に入る場所にいたり——一間しかないからだが——カインの希望にかなっていたのかもしれないけれど、でもだったら、アパートでのひとり暮らしを許してくれたらよかったのではないか。

「あの、お食事は？」

どうにかカインの気持ちをほぐせないかと言葉を探す。

「会食ですませた」

だから帰りが遅かったのだとぶっきらぼうに返された。玲は食い下がる。

「ほとんどお食べになっていないのではありませんか？」

仕事相手との食事やパーティでは、舌を湿らす程度に飲むことはできても、ほとんど食事らしい食事ができないまま帰ってくることがままある。日本ではいつもそうで、夜遅くに帰宅するといつも、玲の手料理を食べたがった。

「僕、なにか……」

厨房《ちゅうぼう》を借りて何かつくろうかと、日本での生活を思い出して言う。手料理といっても、ごくごく簡単な家庭料理だけれど、それでもカインは喜んでくれたから。

そう思って、言ってみたのだけれど、ますますつれない言葉が返されて、玲はしゅんっと肩を落とした。

「構うな」

「……すみません」

立派なシェフのいる屋敷で自分の拙《つたな》い手料理なんて……余計なことを言ってしまったと恥じ入る。

日本での生活がイレギュラーなものだったのであって、これがカインの日常なのだ。

玲が言葉に詰まったまま立ち尽くしていると、傍らから長嘆。そして、「仕事はどうだ？」と尋ねる声。

少しは環境に慣れたかと訊かれて、「はい」と頷く。「ならいい」と返される声が先よりやわらかくて、玲はようやく肩の力を抜いた。

けれど、カインは玲を振り返ってくれない。

お帰りなさいのキスも、まだしていない。

なんだか無性に寂しくなって、玲はシャワーを浴びるためにバスルームに向かおうとする男の背を追いかけた。

ワイシャツの袖《そで》を摑んで引き止める。前に回り込んで、背伸びをした。

軽く、触れるだけのキス。

「……お帰りなさい」

お疲れさまでした、と早口に言って、そして部屋を横切ろうとする。カインの時間をこれ以上邪魔しては、ますます機嫌を損ねてしまうと思ったのだが……立ち去ろうとする痩身《そうしん》は、伸ばされた腕によって引きとめられた。

力強い腕に引き寄せられ、広い胸に囚われる。馴染んだ体温に包まれて、無意識にもホッと身体《からだ》の力が抜けた。

玲はこんなにカインを求めているのに、とうのカインは、なおも意地悪いことを言う。

「ずいぶんと安くみられたものだ」

この程度で懐柔できるとでも？　と、皮肉られて、さすがの玲もムッとする。広い胸をどんっと突き飛ばして拘束から逃れようとすると、今度は背中から抱きとめられた。

「や……っ、カイン……っ⁉」

放せっ！　と暴れると、「ガキどもにばかりかまけていたかと思えばこれだ」と間近に毒づかれる。ズルズルと引きずられていく先がバスルームであることに気づいて、やっぱり拗ねているだけかと内心で長嘆をつきつつも、「いやですっ」と、ますます暴れた。

この先にどんな状況が待っているかは容易に想像がつく。

カインはいつもそうだ。気に入らないと、バスルームやベッドで玲を散々嬲って、自分の言うことに頷くまで放してくれない。

そんなやり方で要求を飲まされても、こちらだって我慢の限界がくることもある。

どれほど酷《ひど》く嬲られても、根底にあるのは愛情だから、決して嫌ではないけれど、でもちゃんと話し合わせてくれたら……と、玲は以前から思っていた。いつもはっきりと意思表示のできない自分も悪いのだけれど、ちゃんと話を聞いてくれないカインもどうかと思う。

「カインっ！」

今日は嫌だと拒もうにも、力の差は歴然としていて、逃げようがない。

「カイン！　いや……ですっ、こういうのは……っ」

バスルームに連れ込まれ、大きな手に両手首をひとくくりに摑まれて、壁に押さえ込まれた。

「カイ…ン」

嫌だと睨み上げようとしたのに、間近にアイスブルーの瞳を見てしまったら、言葉が舌に絡まった。間近に見つめられて、ついうっかり瞼《まぶた》が落ちかかってしまう。その隙《すき》を突かれた。

「……んっ」

しっとりと唇を塞《ふさ》がれてしまえばもう、抵抗のしようもない。背筋を痺《しび》れが突き抜けて、身体から力が抜けてしまう。

舌がじんじんと痺れてまともに呂律《ろれつ》がまわらなくなるまで口づけに翻弄《ほんろう》されて、玲は荒い呼吸に薄い胸を喘《あえ》がせながら、掠《かす》れた声で「ずるい」と訴えた。

「いつもこんな……っ」

いつだって会話で解決するのではなく身体に訴えるのだからずるいと訴える。玲に否と言えるわけがない。

すると、間近に見据える碧眼が、愉快そうに細められた。

「誘ったのはそっちだ」

満足げな声音。先のキスひとつでご機嫌を直してくれたのはいいが、今度は別のスイッチがはいったようだ。

「ぼ、僕は……そんな……っ」

そういうつもりでは……と言葉を濁す。頬《ほお》が熱い。

「違うのか？」

楽しげに訊かれて、玲は眦《まなじり》を朱に染めた。瞳が潤んでくる。

「……っ、だって……っ」

ただいまのキスもしてくれないカインが悪いのではないか。気に入らないことがあったって、あいさつは別だろうに。

「口応《ごた》えをするか」

そんな言葉を、楽しそうに言う。まるで玲が歯向かうのが愉快だと言わんばかりに。

いつも控えめで自己主張をあまりしない玲が、珍しく反抗的なのを、どうやら面白《おもしろ》く感じているらしい。

「全部、あなたの傍《そば》にいるためなのに……っ」

円華とユーリの勉強につき合うのも、少しでも早くスウェーデンの暮らしに慣れて、ネイティブなスウェーデン語を操れるようになって、一日でも早くカインの役に立てるようになりたいと思うからなのに。

カインがいないから羽根を伸ばしているわけではない。

仕事で帰りが遅いことを責める気持ちなんて毛頭ない。

ましてや、カインより円華やユーリを優先させようなんて、考えたこともない。

それでも、異国の地で円華と日本語の会話がかなうのは、ホッと安堵《あんど》できる時間だし、あまりにも生活感のない——あくまでも玲にとっては、だが——元貴族の館よりは、ハールトマン家のほうが過ごしやすいのも事実なのだからしかたないではないか。

そのハールトマン夫妻からも、スウェーデンのあれこれや、カイン本人の口からは聞けないカインの話を聞くことができる。それが楽しくて、ついつい誘いに応じてしまうのだ。そんなこと、恥ずかしくてカイン本人に言えるわけがないではないか。

「ずっとお傍にいられるように……っ」

プロポーズしてくれたとき、カインはスウェーデンは同性婚が許されているから無問題だと言いきっていたけれど、彼の立場を考えれば、そんな簡単な話ではないはずなのだ。玲がこの屋敷で暮らすことにも、反対の声は上がったはずだ。でもカインは、そういう話をいっさいしない。それは彼なりの玲への誠意の表れだろう。

玲には、研究者として少しでも早く結果を出して、カインの隣に並んで恥ずかしくない存在になることくらいしか、カインの想《おも》いに答える術《すべ》がないのだ。

「ここでの暮らしは苦痛か？」

カインの声が間近に問う。

「……そういうわけでは……その、ただ、慣れなくて……」

執事とか召使とか、自分でキッチンに立てないことも、ちょっとつまらないし、やっぱり和食が食べたいし……。

スウェーデン料理がまずいというわけではないけれど、やはり和食の繊細さとは別物だ。

「慣れろ。――と言っても、無理なのだろうな」

しょうがないな……と、間近で嘆息。

「カイン……」

ごめんなさい……と、玲が瞼を伏せる。その上に、そっと触れるキス。

「出来る限りのことはしてやる。少し待っていろ」

「……え？　そ、そんな……っ」

それは申し訳ない……と玲が首を横に振ると、「不満だったのではないのか」と眉間に皺を刻まれる。

「えっと、それは……」

不満なのではなくて、馴染めないだけで……。

「どっちなんだ」

はっきりしろと迫られて、玲は胸中で長嘆をついた。

「……不満は、ないです」

結局、自分が折れるよりなくなる。慣れないだけで不満なわけではないし、居心地の悪さもカインが一緒なら気にならない。

「ひとつ、お願いがあります」

だったらもういっそのこと、少し贅沢《ぜいたく》なおねだりをしてしまえ！　と、玲は開き直ることにした。

「僕用のキッチンが欲しいんです」

シェフが使うような立派な厨房でなくていい。小さなコンロと調理台があればそれだけでいい。そうしたら、自分のことくらいは自分でする。

贅沢なおねだりとはいっても、火の使えるスペースとカセットコンロにまな板、くらいのつもりしか玲にはなかった。自室の片隅に換気だけ整えてもらえたら……と思ったのだ。

が、かつてない玲のおねだりを受けて、カインがその程度で済ませるわけがない。

果たして玲の予想をはるかに凌駕《りょうが》した結果がもたらされることになるのだけれど、それに玲が青褪《あおざ》めるのは、しばらく後のことになる。

「手配しよう。ほかには？」

カインの声が楽しげだ。

「……ほか？　えっと……とくには……」

執事にも召使にも構われないごく普通の生活がしたい……というのが玲の最終的な希望なのだけれ

ど、それを言うとまたカインのご機嫌が悪くなりそうだったから、今日のところはやめておくことにした。何年かがかりで、かなえることも可能かもしれない。玲がこの生活に馴染むのと、果たしてどちらが先だろう。

「また何か思いつけば言うといい」

そう言って、今度は唇に淡く触れるキス。そして、シャツの下に悪戯《いたずら》な手を忍ばされる。

「……んっ、や……っ」

じゃれるキスに興じながら、胸の突起を抓《つね》られた。

腰の奥に、ジ…ンッと痺れ。肌が熱くなってくる。

「カイ…ンっ」

掠れた声で呼ぶと、大きな手に腰を摑まれた。着ているものを乱暴に剝《は》ぎとられる。

立ったまま、カインに背を向ける恰好でバスルームの壁におさえ込まれた。双丘を割られ、狭間《はざま》に滾《たぎ》る欲望を擦《こす》りつけられる。

「あ……ぁっ！」

この四年でカインのいいように教え込まれた肉体が、淫《みだ》らな反応を見せる。玲はバスルームの壁に縋《すが》って、甘い声を上げた。

じわじわと埋め込まれる熱塊。

玲の身体がもっと激しい熱を待っていると察したカインが、一気に攻め入ってくる。最奥《さいおう》を突かれて、細い背が撓《しな》った。

「ひ……っ！　は…ぁ、あっ！」

荒々しく突き上げられたかと思えば、執拗《しつよう》に内部を抉《えぐ》られる。その繰り返し。緩急をつけた抽挿が玲を翻弄する。

「あ……ぁっ！　……んんっ！」

肌と肌のぶつかる艶めかしい音と、繋がった場所から聞こえる粘着質な音。厭《いや》らしいそれらに鼓膜を焼かれて、玲は思考を白く染めた。

「——……っ！」

一際激しく突かれて、玲は情欲を迸《ほとばし》らせる。

玲の内壁に搾られて、カインも低い呻《うめ》きを落とした。

「……っ」

最奥を熱い飛沫《しぶき》に汚される。愛する男の情欲に一番深い場所を汚される快感と背徳感。恍惚《こうこつ》に意識を陶然とさせて、玲は荒い呼吸に薄い肩を喘がせた。ずるずるとくずおれそうになる痩身を、力強い腕が抱きとめてくれる。

「気を飛ばすにはまだ早い」

玲のうなじに口づけながら、カインが愉快そうに言う。

玲のために用意された日本式の湯船に、カインの腕に抱かれた恰好で肩まで浸《つ》かって、玲はようやくホッと息をついた。――が、すぐに下から狭間をいじられて、「あぁんっ！」と甘ったるい声をあげる。

「逆上《のぼ》せ…るっ」

抱き合うのは嫌ではない。でもだったら、ちゃんとベッドで、と玲は思うのに、カインはバスルームやソファで玲を嬲りたがる。恥ずかしがる玲の表情を愉しみたいからだ。

「心配するな。ベッドでもたっぷり可愛がってやる」

そんな恐ろしいことを耳朶《じだ》に囁《ささや》いて、カインは下からズンッと突き上げてきた。

「ひ……っ！」

白い喉《のど》を仰《の》け反《ぞ》らせると、そこに落される食《は》むような愛撫《あいぶ》。咬《か》み痕《あと》を残されて、玲は白い肌を震わせた。

「あ……ぁ……っ！」

広い背に腕をまわして、爪痕《つめあと》を刻んだ。それすら僥倖《ぎょうこう》だと、カインの口許《くちもと》が愉快気にゆるむ。そして、耳朶を食む唇から、恐ろしい睦言《むつごと》が紡がれた。

「何度でも抱いてやる。自分が誰のものか、この身体でしっかりと記憶するまで」

自分だけ見ていればいいと、甘い脅し。

こんなに見ているのに……と考えて、玲はカインの欲するものに気がついた。玲を嬲って、恥ずかしい言葉をたくさん言わせて、けれど結局、最終的にカインが欲しがるのは、ひとつの言葉しかない。

「愛してます」

あなただけですと、気恥ずかしげに瞼を伏せ、長い睫毛を震わせる。カインは、「私の御し方を覚えたか」と満足げに笑った。

その唇がキスを待っている。

「愛している」と、甘ったるく囁く。

玲は広い胸に体重をあずけ、今度は深くしっとりと、自ら唇を重ねた。

あとがき

こんにちは、妃川螢《ひめかわほたる》です。

拙作をお手にとっていただき、ありがとうございます。

今作は、以前に出していただいた『シンデレラの夢』のスピンオフ作品となります。

もちろんそれぞれ単品でお楽しみいただけますので、前作未読の方もご心配なく。

ですが、この機会に『シンデレラの夢』も、合わせてお手にとっていただけると嬉しいです。よろしくお願いいたします。

前作『シンデレラの夢』で、気苦労の耐えない主人公・玲《りょう》の手をこれでもかと煩わせてくれていた教え子の円華《まどか》くんが、今回の主人公です。前作に、実はユーリもチラリと登場しています。

前作と今作と、万が一つじつまが合わない箇所などございましても、「妃川のことだから一作目のときに何も考えてなかっただけでしょ？」と、広いお心で受けとめていただけたら嬉しいです(笑)。

そんな私に、ぽややんっな攻めが可愛いですよー、と助言をくださったのは、お世話になっている担当様で、本当にいつもながら、思いがけない視点で妃川の新しい世界を開いてくださいます。

可愛い可愛い円華くんが、思いがけずイケメンに育ってしまったら？　というのが発想の発端ですが、皆さまのお好み的にはいかがでしょう？　少しでも楽しんでいただけたなら嬉しいです。

前作カップルのほうが好みだわ！　という読者さまには、番外編をご用意させていただきました。

担当さま曰く、「どんだけ子どもー！」と笑われてしまったカインも、そのカインに振りまわされているようで実は振りまわしているかもしれない玲も、相変わらずラヴラヴベタベタで、四年たってもどっぷり蜜月。今後も変化なしと思われます。

そして、このシリーズで書くのが楽しくてしかたなかったのが、両家のちょっと困ったパパママです。

こんな親なら人生きっと楽しいだろうなぁ……と思いつつ、いやいや面倒すぎるだろ！と心の片隅では突っ込みつつ、書かせていただきました。

延々つづく蜜月といい、寛容な親設定といい、いずれもＢＬ的お約束ですが、お約束はベタであればあるほど意味がある、というのが妃川の持論ですので、ベタさかげんを楽しんでいただけたら幸いです。

イラストを担当してくださいました、高宮東《たかみやあずま》先生、お忙しいなか素敵なふたり&前作カップルをありがとうございました。

小さくて可愛かったころの円華くんも、イケメンに育った円華くんも、どちらも素敵です。金髪碧眼美人さん受けって、なかなか書く機会がないのですが、ユーリも可愛くて萌え萌えでした。

お忙しいとは思いますが、またご一緒できる機会がありましたら、そのときはどうぞよろしくお願いいたします。

妃川の活動情報に関しては、ブログの案内をご覧ください。

http://himekawa.sblo.jp/

皆さまのお声だけが創作の糧です。ご意見ご感想など、お気軽にお聞かせいただけると嬉しいです。

それでは、また。どこかでお会いしましょう。

二〇一四年四月吉日　妃川 螢

LYNX ROMANCE

マルタイ —SPの恋人—

妃川螢　illust. 亜樹良のりかず

本体価格
855円＋税

来日した某国首相の息子・アナスタシアの警護を命じられた警視庁SPの室塚。我が儘セレブに慣れていない室塚は、アナスタシアの奔放っぷりに唖然とする。しかも、彼の要望から二十四時間体制で警護にあたることに。買い物や観光に振り回されてぐったりする反面、室塚は存外それを楽しんでいることに気付く。そして、アナスタシアの抱える寂しさや無邪気な素顔に徐々に惹かれていく。そんな中アナスタシアが拉致されしまい…。

LYNX ROMANCE

鎖《くさり》 —ハニートラップ—

妃川螢　illust. 亜樹良のりかず

本体価格
855円＋税

警視庁SPとして働く氷上は、ある国賓の警護につくことになる。その相手・レオンハルトは、幼馴染みで学生時代には付き合っていたこともある男だった。しかし彼の将来を考えた末、氷上が別れを告げ二人の関係は終わりを迎える。世界的リゾート開発会社の社長となっていたレオンハルトを二十四時間体制でガードをするため、宿泊先に同宿することになった氷上。そんな中、某国の工作員にレオンハルトが襲われ—？

LYNX ROMANCE

悪魔《あくま》公爵《こうしゃく》と愛玩《あいがん》仔猫《こねこ》

妃川螢　illust. 古澤エノ

本体価格
855円＋税

ここは、魔族が暮らす悪魔界。上級悪魔に執事として仕えることを生業とする黒猫族の落ちこぼれ・ノエルは、森で肉食大青虫に追いかけられているところを悪魔公爵のクライドに助けられる。そのままひきとられたノエルは執事見習いとして働きはじめるが、魔法も一向に上達せず、クライドの役に立てず失敗ばかり。そんなある日、クライドに連れられて上級貴族の宴に同行することになったノエルだったが…。

LYNX ROMANCE

悪魔《あくま》伯爵《はくしゃく》と黒猫《くろねこ》執事《しつじ》

妃川螢　illust. 古澤エノ

本体価格
855円＋税

ここは、魔族が暮らす悪魔界。上級悪魔に執事として仕えることを生業とする黒猫族・イヴリンは、今日もご主人さまのお世話に明け暮れています。それは、ご主人さまのアルヴィンが、上級悪魔とは名ばかりの落ちこぼれ貴族で、とってもヘタれているからなのです。そんなある日、上級悪魔のくせに小さなコウモリにしか変身できないアルヴィンが倒れていた蛇蜥蜴族の青年を拾ってきて…。

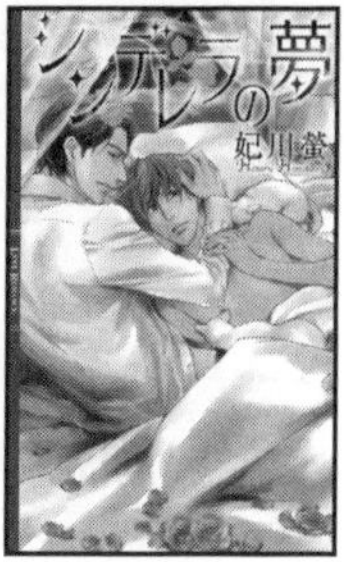

LYNX ROMANCE

シンデレラの夢《ゆめ》

妃川螢　illust. 麻生海

本体価格
855円+税

祖母が他界し、天涯孤独の身となった大学生の桐島玲は亡き祖母の治療費や学費の捻出に四苦八苦していた。そんな折、受験を控えている家庭教師先の一家の旅行に同行して欲しいと頼まれる。高額なバイト代につられてリゾート地の海外に来た玲は、スウェーデン貴族の血を引く製薬会社の社長・カインと出会う。夢が新薬の開発で薬学部に通う玲は、彼の存在を知っていたが、そのことがカインの身辺を探っていると誤解され…。

LYNX ROMANCE

恋《こい》するカフェラテ花冠《はなかんむり》

妃川螢　illust. 霧壬ゆうや

本体価格
855円+税

アメリカ大富豪の御曹司・宙也は、稼業を兄の嵩也に丸投げし、母の故郷・日本を訪れた。ひと目で気に入ったメルヘン商店街でカフェを開いた宙也は、斜向かいの花屋のセンスに惹かれ、毎日花を届けてくれるように注文する。しかし、オーナーの志馬田薫は人気のフラワーアーチストで、時間が取れないとあえなく断られてしまう。仕方がなく宙也は花屋に日参し、薫のアレンジを買い求めるが、次第に薫本人の事が気になりだし…。

LYNX ROMANCE

恋《こい》するブーランジェ

妃川螢　illust. 霧壬ゆうや

本体価格
855円+税

メルヘン商店街でパン屋を営むブーランジェの未理は、美味しいパンを追求するため、アメリカに旅立つ。旅先のパン屋で出会ったのは、パンが好きだという男・嵩也。彼は町中の美味しい店を紹介しながらパン屋巡りにも付き合ってくれた。二人は次第に惹かれ合い、想いを交わすが、未理は日本へ帰らなければならなかった。すぐに追いかけると言ってくれた嵩也だったが、いつまで待っても未理のもとに、嵩也は現れず…。

LYNX ROMANCE

猫《ねこ》のキモチ

妃川螢　illust. 霧壬ゆうや

本体価格
855円+税

ここはメルヘン商店街。絵本屋さんの看板猫・クロは、ご主人様の有夢が大好き。ご主人様に甘えたり、お向かいのお庭で犬のレオンとお昼寝したり近所をお散歩したり…毎日がのんびりと過ぎていく。ご主人様は、よく店に絵本を買いに来る、門倉っていう社長さんのことが好きみたいで、門倉さんがお店に来るととっても嬉しそう。でもある日、門倉さんに「女性のカゲ」が見えてから、ご主人様はすっごく落ち込んでしまって…。

LYNX ROMANCE

犬《いぬ》のキモチ

妃川螢　illust. 霧壬ゆうや

本体価格
855円＋税

ここはメルヘン商店街にある、手作り家具屋さん。犬のレオンは家具職人の祐亮に飼われて、店内で近所に住む常連の早川父子が寛ぐ様子をよく眺めている。どうやら少し前に離婚したようで、まだ小さな息子を頑張って育てていた。そんな早川さんを、祐亮はいつも温かく見守っている。無口な祐亮は何も言わないが、早川さんに好意を持っているようだ。そんなある日、早川さんの息子の壱己が店の前で大泣きしていて…。

LYNX ROMANCE

猫《ねこ》と恋《こい》のものがたり。

妃川螢　illust. 夏水りつ

本体価格
855円＋税

素直すぎて、いつも騙されたり手酷くフラれたりと、ロクな恋愛経験がない竝木花永。里親募集のための猫カフェを営んでいる花永の店に、猫を引き取りたいと氏家父子が訪れる。なかなか希望の猫が決まらない父子は、雰囲気を気に入ったこともあり、店に通うようになった。フリーで翻訳の仕事をしている氏家は、離婚し一人で子供を育てていたが、家事が苦手だという。手伝いを花永がかって出たことから二人の距離は縮まっていき…。

LYNX ROMANCE

境《きょう》涯《がい》の枷《かせ》

妃川螢　illust. 実相寺紫子

本体価格
855円＋税

三代目黒龍会総長・那珂川貴彬の恋人である花邑史世は、大学で小田桐という人物に出会う。最初は不躾な視線を危ぶんだ史世だったが、実は彼が国境無き医師団に所属する医者だったと知る。新たな交流が生まれた矢先、小田桐宛てに事故で亡くなった友人から、黒龍会とも関係があるらしい小包が届く。そして、小包を狙った何者かに小田桐が狙われ…。史世の成長とともに事件が渦巻くＣｏｌｄシリーズ最新刊が登場。

LYNX ROMANCE

連《れん》理《り》の楔《くさび》

妃川螢　illust. 実相寺紫子

本体価格
855円＋税

三代目黒龍会総長・那珂川貴彬の恋人である花邑史世は、ある日暴漢に追い詰められていた男と子供を偶然見かけ助け出す。しかしその男は、黒龍会と敵対する組織・極統会に所属する久佐加という男と、総裁の孫である悠人だった。久佐加は、極統会から悠人を連れ出し逃げてきたようで、何か理由があると踏んだ史世たちは取りあえず二人を黒龍会の元に留め置くことにするが…。

LYNX ROMANCE

連理《れんり》の絆《きずな》

妃川螢 illust. 実相寺紫子

本体価格
855円+税

極統会と通じていた警察官が殺害され、参考人として三代目黒龍会総長である那珂川貴彬が警察に拘束されてしまった。貴彬の恋人・花邑史世は、事件にきな臭いものを感じ、裏を探ろうとする。そんな中、黒龍会の主要メンバーが次々と襲われてしまう。仲間との絆を感じはじめていた矢先の出来事に、史世は彼らを守るため、立ち上がるが…。元特殊部隊勤務・宇佐見×敏腕キャリア警察官・藤城の書き下ろし掌編『岐路』も同時収録。

LYNX ROMANCE

盟約《めいやく》の恋鎖《れんさ》

妃川螢 illust. 実相寺紫子

本体価格
998円+税

跡目問題に揺れる九条一家。先代組長の嫡男である周にとって、幼馴染みにして親友、そして部下でもある勇誠は唯一無二の存在だった。周は、全てを捧げ影のように付き従う彼と共に亡き父の跡を継ぐと信じていた。だが勇誠の突然の裏切りにより、罠に堕ちた周は囚われ、監禁されてしまう。態度を豹変させた勇誠に、陵辱されてしまった周は…。書き下ろし掌編他、極道幹部・久頭見×エリート検察官・天瀬の「無言の恋咎」も収録。

LYNX ROMANCE

衝動《しょうどう》

妃川螢 illust. 実相寺紫子

本体価格
998円+税

冷徹な美貌の監察官・浅見はある日、夜の街で精悍な男と出会い、狂おしいほどの衝動にあらがえぬまま肌を重ねてしまう。男の腕の中、すべてを忘れひとときの安らぎを得るが、浅見に残されたのは「来月の同じ日、同じ時間に、同じ部屋で待つ」という約束だけ。以来、浅見は名前しか知らぬその男・剣持と秘密の逢瀬を繰り返すが、実は男の正体は極道で…。正体不明の伊達男・氷見×極道の息子・曄の『恋一途』も収録。

LYNX ROMANCE

愛《あい》され方《かた》と愛《あい》し方《かた》

妃川螢 illust. 実相寺紫子

本体価格
998円+税

有名私立男子校に赴任することになった、美貌の美術教師・逢沢一瑳。入学式前日、理事長室に呼ばれた一瑳は、ワイルドな相貌の理事長・津嘉山誠之に突然キスをされ、押し倒された。軽薄で強引な津嘉山の行為に怒り狂う一瑳だったが、津嘉山はその後も懲りずに口説いてくる。嫌だったはずが、いつしか優しい口づけを拒みきれなくなった一瑳は…。ナンパな刑事・御木本×童顔の熱血教師・充規の『愛されるトキメキ』も同時収録。

LYNX ROMANCE

執事《しつじ》と麗《うるわ》しの君《きみ》

妃川螢　illust. 実相寺紫子

本体価格
855円+税

金髪碧眼の美貌をもつ、ブラッドフォード伯爵家の長男・キース。幼い頃からそばにいてくれる執事のウィリアムが、伯爵家の跡取りとなるよう、日々説得してくるのが気にくわない。ウィルと主従関係を結びたいわけではなく、ただ自分を一番に想ってほしいだけなのに…。本心を見せないウィルの態度に苛立ちを募らせる中、キースの20歳の誕生パーティが催される。だがそれはウィルが仕組んだキースの婚約披露パーティで――。

LYNX ROMANCE

カラダからつたわる

妃川螢　illust. 実相寺紫子

本体価格
998円+税

失恋の傷を癒せず、鬱屈を抱えたまま夜遊びを繰り返す美貌の高校生・池上和希。ナンパしてきた男と揉めているところを、成績優秀だが素行不良の後輩・瑞沢嵐に見られてしまう。副会長を務め、優等生で通っていた和希は、それをネタに脅され「可愛い」と囁く嵐に口づけられる。動揺する和希だったが、ある夜、男に襲われたところを偶然助けてくれた嵐に抱かれてしまい…。書き下ろしショートと人気カップルの短編集も収録。

LYNX ROMANCE

厄介《やっかい》な恋人《こいびと》

妃川螢　illust. 実相寺紫子

本体価格
998円+税

友人に騙され、借金を背負ってしまった大学生の木庭晃陽。返済のため拘束され、怪しげなビデオを撮られかけたところを冷徹な眼差しの男・高野怜司に救われる。借金取りから匿ってもらうため、高野のマンションに住むことになった晃陽は、得体のしれない男を警戒するが、優しさに触れるうち、心を許し始める。しかし高野が大嫌いなヤクザだと知り…。書き下ろし短編と生徒会長・貴透×高校教師・聖の恋を描いた短編も収録。

LYNX ROMANCE

共《きょう》依《い》存《ぞん》

妃川螢　illust. 実相寺紫子

本体価格
855円+税

高三の花邑史世は、ある事件に巻き込まれて記憶を失い、性格が180度変わってしまう。以前とはうってかわり庇護欲をそそる史世の姿に、恋人であり黒龍会三代目総長の那珂川貴彬は喜々として世話をやく。しかし、普段史世が一切表に出さなかったトラウマに気づき、心を痛める。そんなある日、一瞬記憶が戻りかけた史世は事件の真相に気づき、友人に危険を知らせるため家を抜け出すが、黒龍会の敵対組織に捕らえられてしまい…。

LYNX ROMANCE

甘《あま》い口《くち》づけ

妃川螢 illust. 実相寺紫子

本体価格 950円+税

メガネの下に清楚な美貌を隠した優等生の篁蘭生は、幼なじみの願いで生徒会長となる。会長の仕事を順調に始めた蘭生だったが、運動部長の安曇野紘輝だけがことあるごとに噛みついてきた。そんなある日、安曇野と揉めた蘭生は、生徒会長室で突然押し倒され、犯されてしまう。しかし、自分を嫌っているはずの安曇野の手は、ことのほか優しくて…。『甘い束縛』を同時収録のうえ、オマケショートつき！

LYNX ROMANCE

愛《あい》人《じん》協定《きょうてい》

妃川螢 illust. 実相寺紫子

本体価格 855円+税

父を亡くし、叔父に全て奪われた玲瓏な美貌の蘭堂瑠青。家族の想い出の場所であるホテル青蘭だけでも取り戻そうと考えた瑠青は、元総会屋で金融業を営む高蔵庚史郎に借金を申し込んだ。担保は己の身体。瑠青の不遜な態度に呆れながらも、高蔵は資金を提供してくれた。以来、趣味が悪く乱暴な品行の高蔵に瑠青は辟易としながら愛人生活を送っていた。しかし、予想外な彼の優しさを垣間見、瑠青は心を揺れ動かされていくが…。

LYNX ROMANCE

白衣《はくい》の矜持《プライド》に跪け

妃川螢 illust. 実相寺紫子

本体価格 855円+税

俳優顔負けの容貌で外科医としての腕もいいが、口は悪いと評判の沖和帆。一年前、院長だった父の急逝により跡を継いだが、残された病院の借金を返すため、裏では愛人クラブでホストとして働いていた。愛人クラブでは二度は会わない、キスもしないと決めていた和帆だったが、ある日、愛人として相手をした、投資信託会社のトップ・黒川爵真と病院で再会してしまう。黒川から熱烈に口説かれ、受け入れかけていく和帆だが——。

LYNX ROMANCE

比翼《ひよく》の鳥《とり》 —コンプリチェ—

妃川螢 illust. 蓮川愛

本体価格 855円+税

青の狂気は冥王の使い。イタリア・シチリア島で起きた凄惨なマフィアの爆破事件によって両親を亡くし、自身も傷を負った少年は、青砥紲という少年と取り違えられたまま生き残る。十三年後、少年は仇討を胸に秘め、紲として青の狂気と呼ばれるマフィアの一員となっていた。血の匂いによって狂気にかられる紲を抱き、抑えることが出来るのは、闇の冥王と懼れられる男・ジークフリートただ一人。だがジークは仇のうちの一人で…。

LYNX ROMANCE

お金《かね》はあげないっ

篠崎一夜　illust. 香坂透

本体価格
870円+税

金融業を営む狩納に多額の借金で拘束される日々を送る綾瀬雪弥は、ある事情から二週間、狩納の親代わりである染矢の弁護士事務所で住み込みで働くことになる。厳しい染矢に認めてもらえるよう慣れない仕事にも頑張る綾瀬。一方、限られた期間とはいえ、綾瀬と離れて暮らすことに我慢できない狩納は、染矢の事務所や大学でまでセクハラを働き…!?

大人気シリーズ第8弾!

LYNX ROMANCE

オオカミの言《い》い分《ぶん》

かわい有美子　illust. 高峰顕

本体価格
870円+税

弁護士事務所で居候弁護士をしている、単純で明るい性格の高岸。隣の事務所のイケメン弁護士・末國からなにかと構われ、ちょっかいをかけられていたが、ニブちんの高岸は末國から送られる秋波に全く気づかずにいた。そんなある日、同期から末國がゲイだという噂を聞かされた高岸は、ニブいながらも末國のことを意識するようになる。しかし、警戒しているにもかかわらず、酔った勢いでお持ち帰りされてしまい…。

LYNX ROMANCE

執愛《しゅうあい》の楔《くさび》

宮本れん　illust. 小山田あみ

本体価格
870円+税

老舗楽器メーカーの御曹司で、若くして社長に就任した和宮玲は、父の第一秘書を務める氷堂瑛士を教育係として紹介される。怜悧な雰囲気で自分を値踏みしてくる氷堂に反発を覚えながらも、彼をそばに置くことにした玲。だがある日、取引先とのトラブル解決のために氷堂に頼らざるをえない状況に追い込まれてしまう。そんな玲に対し、氷堂は「あなたが私のものになるのなら」という交換条件を持ちかけてきて…。

LYNX ROMANCE

無垢《むく》で傲慢《ごうまん》な愛《あい》し方《かた》

名倉和希　illust. 壱也

本体価格
870円+税

天使のような美貌を持つ元華族の御曹司・今泉清彦は、四年前、兄の友人であり大企業の副社長・長谷川克則に熱烈な告白をされた。出会いから六年もの間、十七も年下の自分にひたむきな愛情を捧げ続けてくれていたと知った清彦はその想いを受け入れ、晴れて相思相愛に。以来「大人になるまで手を出さない」という克則の誓約のもと、二人は清い関係を続けてきたが、本当にまったく手を出してくれない恋人に清彦は…。

LYNX ROMANCE

神《かみ》さまには誓《ちか》わない

英田サキ　illust. 円陣闇丸

本体価格
855円+税

永い時間神や悪魔と呼ばれ過ごしてきた、腹黒い悪魔のアシュトレト。アシュトレトは日本の教会で名前の似た牧師・アシュレイと出会い、親交を深める。しかし、彼はアシュトレトが気に入りの男・上総の車に轢かれ、命を落としてしまう。アシュトレトは遺された娘のため、彼の身体に入り込むことに。事故を気に病む上総がアシュレイの中身を知らないことをいいことに、アシュトレトは彼を誘惑し、身体の関係に持ち込むが…。

LYNX ROMANCE

美少年《びしょうねん》の事情《じじょう》

佐倉朱里　illust. やまがたさとみ

本体価格
855円+税

中年サラリーマンの佐賀はある日、犬を助けようと川に入っり溺れてしまう。意識を失った佐賀が目覚めると異世界へとトリップしてしまっていた。しかも、自分の姿がキラキラした美青年に！　ヨーロッパのような雰囲気の異世界で、佐賀を助けてくれた貴族の青年・サフィルと一緒に生活することになるが、今の美青年の見た目に反しいちいちやることがオッサンくさい佐賀。しかし、いつしかサフィルが佐賀に惹かれ始め…。

LYNX ROMANCE

今宵《こよい》スイートルームで

火崎勇　illust. 亜樹良のりかず

本体価格
855円+税

ラグジュアリーホテル『アステロイド』のバトラーである浮島は、スイートルームに一週間宿泊する客・岩永から専属バトラーに指名される。岩永は、ホテルで精力的に仕事をこなしながらも毎日入れ替わりでセックスの相手を呼び遊んでいたが、そのうち浮島にもちょっかいをかけてくるようになる。そんな岩永が体調を崩し、寝込んだところを浮島が看病したことから、二人の関係は徐々に近づいてゆき…。

LYNX ROMANCE

危険《きけん》な遊戯《ゆうぎ》

いとう由貴　illust. 五城タイガ

本体価格
855円+税

裕福な家柄で華やかな美貌の高瀬川和久は、誰とでも遊びで寝る奔放な生活を送っていた。ある日、和久はパーティで兄の友人・下條義行に出会う。初対面なのに不躾な言葉で自分を馬鹿にしてきた義行に腹を立て、仕返しのため彼を誘惑して手酷く捨ててやろうと企てた和久。だがその計画は義行に見抜かれ、逆に淫らな仕置きをされることになってしまう。抗いながらも、次第に快感を覚えはじめた自分に戸惑う和久は…。

この本を読んでの
ご意見・ご感想を
お寄せ下さい。

〒151-0051
東京都渋谷区千駄ヶ谷4-9-7
(株)幻冬舎コミックス　リンクス編集部
「妃川《ひめかわ》 螢《ほたる》先生」係／「高宮《たかみや》 東《あずま》先生」係

リンクス ロマンス

ゆるふわ王子の恋もよう

2014年4月30日　第1刷発行

著者……………妃川《ひめかわ》 螢《ほたる》
発行人…………伊藤嘉彦
発行元…………株式会社　幻冬舎コミックス
〒151-0051　東京都渋谷区千駄ヶ谷4-9-7
TEL 03-5411-6431（編集）
発売元…………株式会社　幻冬舎
〒151-0051　東京都渋谷区千駄ヶ谷4-9-7
TEL 03-5411-6222（営業）
振替00120-8-767643
印刷・製本所…共同印刷株式会社
検印廃止

ISBN978-4-344-83109-4 C0293
Printed in Japan

幻冬舎コミックスホームページ　http://www.gentosha-comics.net